dtv

Am hellen Himmel des Denkmalpflegers Lorenz Hatt geht plötzlich ein Unstern auf. Der zwingt ihn, als Gefesselter zu leben. Hatt sitzt und hofft und wartet auf die Rettung. Und säße nicht an manchen Tagen ein stiller Gast bei ihm, so wäre seine Zeit noch trüber. Ihm nämlich erstattet Hatt Bericht und macht dabei aus seinem Herzen keine Mördergrube. Wer zuhört, spürt, daß hier von uns die Rede ist, von unserem Warten, unserem Hinken, von Weltsucht, Lebensdrang und Atemnot. So begleiten wir ihn bis zu einem Ende, das wir nicht ahnen wollten. »Erneutes Staunen, Spannung, Vergnügen an Werners Lakonik und Komik.« (Süddeutsche Zeitung)

Markus Werner, geboren 1944 in der Schweiz, lebt als freier Autor in Schaffhausen. Sein literarisches Werk wurde in zahlreiche Sprachen übersetzt und vielfach ausgezeichnet, u. a. mit dem Literaturpreis der Jury der SWF-Bestenliste (1997), dem Hermann-Hesse-Preis (1999), dem Joseph-Breitbach-Preis (2000) und dem Gesamtwerkspreis der Schweizerischen Schillerstiftung (2005).

Markus Werner

Bis bald

Roman

Deutscher Taschenbuch Verlag

Von Markus Werner
sind im Deutschen Taschenbuch Verlag erschienen:
Zündels Abgang (10917)
Froschnacht (11250)
Die kalte Schulter (11672)
Festland (12529)
Der ägyptische Heinrich (12901)

Ungekürzte Ausgabe
Dezember 1995
11. Auflage Februar 2009
Deutscher Taschenbuch Verlag GmbH & Co. KG,
München
www.dtv.de

Umschlagkonzept: Balk & Brumshagen
Umschlagbild: ›Mauerdurchbruch‹ (1990) von Günter Firit
Satz: Rudolf Schaber GmbH, Wels
Druck und Bindung: Druckerei C. H. Beck, Nördlingen
Gedruckt auf säurefreiem, chlorfrei gebleichtem Papier
Printed in Germany · ISBN 978-3-423-12112-5

1

Mir wurde schwindlig, kaum daß ich eingestiegen war. Es roch nach Haarlack, es roch nach allem, wonach solche Menschen riechen. Ich hielt mich an der Lehne des Beifahrersitzes fest, während der Reiseleiter den Teilnehmerschein, den ich am Vortag im Büro der Ideal Voyages gekauft hatte, prüfte. Er prüfte so lange, bis alle — der Bus war fast voll — nach vorne schauten. Nachdem er ein paar arabische Worte mit dem Fahrer gewechselt hatte, fragte er auf deutsch, den Mund nahe am Mikrophon: *Eine* Person? Diese Frage, die mir auch in den meisten Restaurants gestellt wird und deren schon fast demütigende Bejahung immer zur Folge hat, daß mich der Kellner zum windigsten Tisch des Lokals führt, diese von mir nie als sehr sinnvoll empfundene Frage hörte ich jetzt aus vier Lautsprechern. Ich war verwirrt. Ich konnte nicht nein sagen, wollte nicht ja sagen und nickte schwach. Der Reiseleiter machte eine Bemerkung, die ich nicht verstand, ich hörte Gelächter und sah, als ich mich durch den Gang nach hinten bewegte, verfratzte Gesichter links und rechts. Eine Sitzbank war noch frei, allerdings über dem Rad, dessen gewölbte Verschalung meine Beinfreiheit einschränkte. Ich nahm mir vor, auf Karthago zu verzichten. Ich nahm mir vor, beim nächsten Hotelhalt auszusteigen, zu meiner Pension zurückzueilen, das Frühstück nachzuholen und dann nochmals ins Bett zu gehn. Es war mir unerklärlich, wie ich auf die Idee hatte kommen können, einen geführten Tagesausflug zu buchen und mich freiwillig in einen Touristenbus zu setzen, wo ich doch hätte wissen müssen, was für Leute und Ausdünstungen mich in einem Touristenbus erwarteten. Als ich mich umschaute, schwand die Hoffnung auf einen weiteren Halt, alle Plätze waren belegt, und daß der einzige freie Sitz neben mir noch besetzt werden würde, schien unwahrscheinlich. Ich überlegte, ob ich, Brechreiz vortäuschend, nach vorne gehen und den Fahrer bitten sollte, anzuhalten und mich aussteigen zu lassen. Der Widerwille, erneut ins Zentrum der Aufmerksamkeit zu rücken, hielt mich zurück. Nach wenigen Minuten bemerkte ich, daß der Bus, statt direkt in die Hauptstraße nach Tunis einzubiegen, eine Zusatzschlaufe machte, langsam durch eine Palmenallee rollte und vor einem Torbogen anhielt. Ich wollte aufstehen, da wurde mein Raum zur flimmernden Wand, ein Riese drückte mich ins Polster.

Hätte ich auf die Zähne gebissen, ich wäre entkommen, was meinst du? Hätte ich mich damals, geschwächt durch Jahre des Wohlbefindens, nicht vom Schwindel bezwingen lassen, dann wäre mir das andere vielleicht erspart geblieben. Nur taumelnd hätte ich die Flucht geschafft, aber draußen, draußen hätte ich mich gestrafft, hätte den Regen umarmt und mich, Meerwind im Haar, federnd entfernt, und wir säßen vielleicht nicht hier, ich leicht geschrumpft und in zu weiten Kleidern, du mit dem Schreibblock auf dem Knie, was meinst du? Ist dir der Stuhl bequem? Er ist dir nicht bequem, ich kenne alle meine Stühle, und dieser sogenannte Zig-Zag-Stuhl aus Ulmenholz ist für das Auge konstruiert, nicht für die anderen Körperteile, lehnst du dich an, so scheuert die Oberkante des massiven Rückenbretts am Dornfortsatz des vierten oder fünften Lendenwirbels, trotzdem zu Recht ein weltbekannter Stuhl, ein Wurf, stark und genau und eine Zumutung wie alle Kunst, ich schweife ab.

Blind war ich nur sekundenlang, der Vorhang hat sich rasch gehoben: Der Bus fuhr bereits, vorne beim Reiseleiter stand ein junger Mann in Shorts, der Reiseleiter schwenkte sein Ticket und sprach — über Mikrophon — auf ihn ein, entschlossen, sich vor der Busladung erneut zu profilieren. Ich bekam mit, daß der Mann Amerikaner war, weder Deutsch noch Französisch verstand und also in Kauf nehmen mußte, den Erläuterungen des Fremdenführers nicht folgen zu können. Den Amerikaner schien dieser Sachverhalt, falls er ihn faßte, nicht zu quälen, jedenfalls sagte er zweimal okay und zweimal no problem, kam nach hinten und setzte sich neben mich. Er gab mir die Hand und stellte sich vor, Grünberg, Ohio. Ich hatte noch nie einen Amerikaner stottern gehört, Grünberg stotterte und gefiel mir, aber ich war zu wenig konzentriert, um ein Gespräch zu führen, ich fühlte mich ungut und mußte oft gähnen, auch begann der Reiseleiter, sobald wir auf der Hauptstraße waren, mit seinen zweisprachigen Ausführungen. Er stellte zuerst sich selber vor, wahrscheinlich als Ali, Mohamed oder Farouk, dann die tunesische Geschichte im Abriß, und Grünberg, die Hände über dem Geschlecht gefaltet, schlief ein, zuckte, pendelte und kam an meiner Schulter zur Ruhe. Es störte mich kaum, mich störte einzig das Geschwätz des Reiseleiters, der zwar vorzüglich Deutsch und Französisch sprach, aber alles so mechanisch hersagte, wie man nur tausendmal Gesagtes sagen kann. Auch die Späße waren erprobt, man lachte zuverlässig, meine Verstimmung wuchs. Ich sah überall abstoßende Hinterköpfe auf dürren Hälsen oder auf verspeckten Hälsen, überall sah ich die schauderhaftesten Ohren, das fleischigste gehörte meinem Vordermann, sein Ohrläppchen war ein Ohrlappen, unten angewachsen, während die monströse Muschel so weit abstand, daß ich nicht um den Leberfleck auf ihrer Hinterwand herumkam: eine ovale, schwarzviolette Spinne, behaart, bereit zum Sprung. Um mich abzulenken, betrachtete ich eine Weile lang Grünbergs Armbanduhr, aber auch sie war häßlich, klobig wie jede Uhr, die mehr als Uhr sein will. Die in Zeitzonen eingeteilte Weltkarte auf dem Zifferblatt empfand ich als Hochstapelei, und daß der schlummernde Grünberg jetzt noch den Mund öffnete, was den geistreichsten Schläfer zum Trottel macht, verdroß mich vollends.

Ich schloß die Augen, ich versuchte nach Reginas Anweisung positiv zu denken, erfolglos, ich merkte, daß ich negativ über Regina zu denken begann. Man kann eine Stimmung nicht abschütteln.

Man kann sich nur fragen, woher sie kommt, ich sah den Vortag vor mir, Regen wie heute, Wind wie heute, Aufhellung gegen Mittag und Spaziergang am Strand, Halsweh, Sand in Sandalen und Ohren, Verfolgung durch halbwüchsige Händler: warum in Hammamet, wenn weder Holzkamel noch Stoffkamel? Flucht in die Stadt, Gang durch die klägliche Medina, alles verdorben, alles verwüstet, nichts als Folklore und nordische Bäuche, Tourismus muß strafbar werden. Am Handgelenk gepackt, in ein Geschäft gezerrt, mit Lederkamelen aus Kamelleder bedroht, Flucht auf die Kasbah, Rentnerinnenschenkel, von Böen entblößt, Flucht an den Stadtrand, dort dann das Unverfälschte: ein Souk für Hiesige, bunt und betäubend, Schrauben, Gewürze, Hühner, alles, dabei die Scham, hier einzudringen, verschleierte Frauen zu streifen, und plötzlich Gemurmel und finstere Blicke, ein Weib, ein blondes T-Shirt-Weib in schwarzen Stiefelchen und schändlichen Hotpants wedelt sich durchs Gewimmel, bauchnabelfrei, bauchnabelfrei! Und die verhöhnten Araber? Packen sie nicht. Werfen sie nicht zwischen die Safran-Säcke. Tun ihr das Fällige nicht an. Ich ging. Abends Couscous mit Paprikaschoten, Verbrennung des Mundes und Schweißausbruch. Schräg gegenüber ein Paar, er um die Dreißig, Tunesier, Anzug, sie ziemlich älter, Deutsche, mit Sorgfalt verjüngt, der Mann tut feurig: die Bekanntschaft ist frisch. Dem Einzelgänger husten die Flöhe, logisch, ich trinke Feigenschnaps, staunend über das zügige Vorspiel schräg gegenüber. Er lobt ihren Leib, faßt ihre

Hände, und — ob du es glaubst oder nicht — er sichert ihr Manneskraft zu. Ich trinke Feigenschnaps. Fällt sie? Sie bleibt recht blaß, nur Hals und Ausschnitt verkupfern sich. Ein Junge kommt und bietet Jasminsträußchen an, ich kaufe eines, rieche daran und suche ein anderes Wort für himmlisch. Die Frau schaut rasch zu mir herüber, ich bin abwesend, ich rieche. Sie sagt sehr leise: »Ich habe meine Tage.« Der Kellner bringt den dritten Feigenschnaps, dazu ein Teiggebäck, gefüllt mit Dattelpaste. Ich esse, und während ich esse, schlägt sich — ob du es glaubst oder nicht —, schlägt sich der Mann schräg gegenüber an die Stirn und spricht von einem wichtigen Termin, zahlt hastig, krault sie am Kinn und geht. Die Welt ist unhaltbar. Ich klammere mich ans Jasminsträußchen, sauge den Duft ein, will mich blindriechen, will mich taubriechen. Und gebe dir den Rat: Riech nie zu lang an einem Jasminstrauß, nach drei Minuten ist dir plötzlich, als stecktest du die Nase in ein Nachtgeschirr. Ich zahle. Dann ins Hotel, Flucht ins oktoberklamme Bett, Unzucht im Nebenzimmer, die Welt ist unhaltbar.

Als Grünberg, geweckt vom Brüllen der Passagiere — der Reiseführer hatte gerade über Flora und Fauna referiert und dabei das Vordringen der Wüste bedauert, was ihm Gelegenheit zu einem seiner eingeplanten Scherze gab, nämlich lieber Sex in der Wüste als Sand im Bett, schwach, schwach, aber insassengerecht —, als Grünberg erwachte, befanden wir uns bereits auf dem Damm, der über den See von Tunis nach La Goulette führt.

Grünberg fragte, ob er geschlafen habe, ich sagte yes. Er fragte, warum ich Englisch könne und was ich von Beruf sei, er selbst sei Elektroniker. Ich hätte, angesichts des nahen Karthago, ein wenig schwindeln sollen, statt dessen sagte ich die Wahrheit, von da an blieb er bei mir. Mehrmals betonte er, daß es für ihn ein großes Glück sei, Karthago zusammen mit einem Archäologen besichtigen zu können. Ich wehrte ab, ich präzisierte nochmals, daß ich kein Archäologe, sondern Denkmalpfleger sei, ausbildungsmäßig ein Historiker mit Schwerpunkt Bau- und Kunstgeschichte, und ich erklärte, mich mit Karthago nie befaßt zu haben, nie mehr als flüchtig jedenfalls, zum letzten Mal im Studium, vor vielleicht zwanzig Jahren, mit den Ergebnissen rezenter Bodenforschung sei ich nicht vertraut. What a lucky chance, sagte Grünberg, der entweder nicht zugehört hatte oder mir nicht glaubte, aber sein Stammeln stimmte mich weich. Es paßte nicht zu seiner bunten Hose, wohl aber, wie mir schien, zu seinen Augen. Die flehten irgendwie und zögerten. Ich bat ihn abermals, mich nicht und auch Karthago nicht zu überschätzen, Karthago sei, was die phönizische beziehungsweise punische, kurz die ursprüngliche Gestalt betreffe, aufs gründlichste versunken, archäologisch — soviel ich wisse, mein Wissen sei wie angetönt sehr lückenhaft —, archäologisch nicht sonderlich sensationell, ja unergiebig. Don't worry, sagte Grünberg.

Ich brauche Sauerstoff, Moment, bleib nur, laß dich nicht stören, nur zehn Züge, siehst du, hier gabelt sich der Kunststoffschlauch, geht doppelläufig weiter, ein Endstück kommt ins linke und eins ins rechte Nasenloch, das ist schon alles, Augenblick.

Der Bus hielt ein erstes Mal in unmittelbarer Nähe des Amphitheaters. Leichter Regen. Mohamed gab bekannt, daß für die Besichtigung fünfzehn Minuten zur Verfügung stünden. Wer sich ihm anschließen wolle, solle sich anschließen, die Teilnahme sei freiwillig, so freiwillig wie das Leben selbst. Ich hatte keine Lust, mich verregnen zu lassen, aber Harndrang. Grünberg anerbot sich, mich unter seinen Knirps zu nehmen. Wir stiegen aus, und nach wenigen Schritten hangaufwärts übersahen wir das Theater, dessen gewaltige Ausmaße mich erstaunten, dessen spärliche Überreste — Fundamente und Bruchstücke der Arena — den Laien aber enttäuschen mußten. In der Tat merkte ich, daß Grünberg, der wahrscheinlich ein anständiges Kolosseum erwartet hatte, trübselig unter dem Regenschirm stand, ratlos auf die Trümmer starrte und mich mit seinem Schweigen um Sinngebung und Aufschluß bat. Ich mußte mir in der Nacht eine Blasenerkältung zugezogen haben und hielt Umschau nach einem günstigen Platz. Grünberg sagte plötzlich, er habe von der Schule her in Erinnerung, daß Hannibal etwas mit Karthago zu tun gehabt habe, ob das richtig sei. Ich bejahte. Ob es vorstellbar sei, fragte er und zeigte hinunter zur

Arena, wo jetzt unsere Reisegruppe im Halbkreis um Ali herumstand, ob es vorstellbar sei, daß Hannibal dort unten von Zeit zu Zeit seine berühmten Elefanten vorgeführt habe. Ich sagte, es sei vorstellbar, aber unmöglich, denn es handle sich bei diesem Amphitheater um ein römisches Bauwerk aus dem zweiten nachchristlichen Jahrhundert, während Hannibal und seine Elefanten im dritten vorchristlichen Jahrhundert gewirkt hätten. Grünberg war nicht befriedigt. Er sagte, er habe gelernt, daß Hannibal die Römer vernichtend geschlagen habe, und zwar bei irgendeinem See in Italien, wie es denn komme, daß hier, in Hannibals Stadt, trotzdem ein römisches Theater habe gebaut werden dürfen, er, Grünberg, vermisse die Logik. Ich bat ihn, mich einen Augenblick zu entschuldigen, ich sei gleich zurück. Er wollte mir seinen Knirps mitgeben, ich lehnte ab, ich brauchte freie Hände, nach kurzem Suchen fand ich ein gutes Plätzchen hinter einer Korkeiche. Es kann auch eine Schirmakazie gewesen sein, vielleicht bloß eine Kiefer, das weiß ich nicht mehr so genau, acht Monate sind eine lange Zeit, sonst weiß ich ja noch vieles, denn wem ein Unstern aufgeht — in dieses Wort bin ich vernarrt —, dem bleiben die Begleitumstände im Gedächtnis. Ich löste Wasser, Hannibal im Kopf, sah ihn am Hang des Byrsa-Hügels stehen, schwarzgekleidet, einäugig, im Herzen verstört, in Schwermut auf den Golf von Tunis schauend, der war einmal so blau gewesen, so blau, so willig, mich weltwärts, ruhmwärts wegzutragen, mein Baal, mein Baal. — Ich rechnete aus, daß der geschlagene Karthager im Unglücksjahr 202 genau mein Alter hatte: vierundvierzig. Nur, er konnte damit rechnen, in allen Schulen Stoff zu werden, wenn auch, wie in Ohio, ein eher flüchtiger, ich aber hatte nichts zu hoffen, nichts vorzuweisen, nicht einmal einen transalpinen Fußgang. Schauen Sie, sagte ich zu Grünberg, der mich, als ich zurückkam, noch einmal schüchtern nach der Logik fragte, es ist ganz einfach: A schlägt den B zu Boden. B rappelt sich nach einer Weile auf und schlägt den A zu Boden. A bleibt liegen. Bisweilen zuckt er noch, so daß sich B genötigt sieht, ihn totzuschlagen und sein Haus zu schleifen. Auf Schutt und Trümmern baut B sein eigenes Haus. A ist Karthago, B ist Rom. I see, sagt Grünberg. Weil aber, sage ich, das Faustrecht ausgenommen, alles vergänglich ist, kommt C vorbei, wirft B zu Boden und zum Haus hinaus, später kommt D, wirft C hinaus, C sind Vandalen, D die Byzantiner. I see, sagt Grünberg, and what next? E, sage ich, E rüttelt schon am Tor, bricht ein, schlägt tot und schleift das Haus. E sind die Araber, und seither blüht Gestrüpp aus den Ruinen. Thank God, sagt Grünberg, und ich nicke.

Frau Guhl? Ja? Nein, Sie stören nicht, oh, danke, Lindenblütentee. Für dich auch Lindenblütentee? Vielleicht ein Gläschen Zwetschgenwasser? Wirklich nicht? Herrgott, freiwillig trinkt er Tee, und ich verzehre mich nach etwas Rechtem, danke, Frau Guhl, bis übermorgen, danke.

Man fuhr zum zentralen Parkplatz. Es regnete nicht mehr. Trotzdem erwog ich, da mir wieder ein wenig schwindlig war und ich mich plötzlich sehr matt fühlte, im Bus zu bleiben und die siebzig Minuten, die für die Besichtigung der weiteren Sehenswürdigkeiten eingeplant waren, zu meiner Erholung zu benutzen. Aber die Aussicht, draußen vielleicht etwas Eß- oder Trinkbares zu finden — mir fehlte wohl einfach das Frühstück —, ließ mich aussteigen. Grünberg schlug vor, die Gruppe wieder zu verlassen und das Gelände auf eigene Faust zu erkunden, was ich begrüßte, weil mir alles Kollektive Migräne macht. Andererseits befürchtete ich, Grünbergs Wissensdurst kräftemäßig nicht gewachsen zu sein, und wäre gern allein gewesen. Egal, ich mochte Grünberg, und vor den Thermen des Antoninus stand er befriedigt, hier sah man Vertikales, zum Beispiel eine Säule mit tonnenschwerem Marmorkapitell. Alles sehr eindrucksvoll, sehr ausgedehnt, nur, wozu diente es, bevor es zur Ruine wurde? Als Tempel? Nein, sagte ich, als Badeanstalt, als Badeanstalt samt Warmwasserbecken, daher der Name ›Thermen‹. Und wenn Grünberg jetzt fragt, ob es denkbar sei, daß Hannibal hier gebadet habe, dann breche ich zusammen. Grünberg aber fragte, als sei ich auch dafür noch zuständig, ob es hier irgendwo eine Toilette gebe. Ein Araberjunge, der uns schon seit längerem umkreist hatte, hörte und verstand die Frage und anerbot sich sofort, Grünberg den Weg zu zeigen. Grünberg bat mich um Geduld und um drei bis vier Papiertaschentücher. Ich sagte, daß ich mich ein wenig im angrenzenden archäologischen Park umsehen wolle, dort könnten wir uns, wenn er nachkomme, kaum verfehlen. Er fragte ängstlich, wo sich dieser Park befinde. Ich zeigte auf die Treppe, die zum Vorplatz der Thermen hinabführt, und sagte, der Park oder das Freilichtmuseum beginne gleich oberhalb der Treppe und erstrecke sich hangaufwärts. Der Junge hatte, während wir redeten, aufmerksam vom einen zum anderen geschaut, und da er offenbar einen Sinneswandel befürchtete und die erhoffte Belohnung gefährdet sah, faßte er Grünberg bei der Hand und zog ihn weg. Die Sonne brach durch, der Wind verwehte ihre Strahlen, ich fror.

Siehst du, mein Täßchen wird zum Bleikelch, genug für heute, wenn sie so brüchig zu zwitschern beginnt, empört mich meine Stimme.

2

Der Sitzende geht mit der Schwerkraft diplomatisch um, ähnlich wie man vielleicht mit jeder Macht, die bis auf weiteres das Sagen hat, umgehen sollte: Ein Stück weit, um nicht sofort gefällt zu werden, anerkennt man sie, erweist ihr seine Reverenz mit dem Gesäß, negiert sie aber mit dem Oberteil und bleibt auf diese Weise zwar nicht restlos frei, doch freier. Ich sehe das Sitzen als Kompromiß zwischen Liegen und Stehen, ich befinde mich, wenn ich sitze, zwischen Anpassung und Widerstand. Soviel zu meiner Lage oder Stellung, du wirst die beiden Wörter nicht allzu wörtlich nehmen. Kommt noch hinzu: Das Sitzen ist die dem Wartenden gemäße Form. Wer wartet, sitzt, das heißt, er sollte sitzen, denn wenn er liegt, läuft er Gefahr, sich zu verliegen und das, worauf er wartet, zu verpassen. Steht er, so wird er erstens ungeduldig, zweitens überanstrengt, so daß er das Erwartete, sofern es eintritt, nur falsch empfangen kann. Selbst Hunde warten sitzend. Soviel zu meiner Lage und als Erläuterung zu dieser Stube. Sie schien mir plötzlich, von einer Stunde auf die andere, unangemessen heimelig und voll zu sein. Ich sah mich bedrängt, ich sah mich eingelullt, und meine Neffen räumten. Die gelbgerauchte Zimmerdecke ließ ich weißeln, um nicht bei jedem Blick nach oben an den verbotenen Genuß zu denken. Und dann die Ummöblierung, du siehst es, Stühle, Sessel, ein Taburettchen, das Sauerstoffgerät und fertig. Die Bilder noch, die sind geblieben, Bullaugen brauche ich. Sitz ich an dieser Wand, so blicke ich quer durch den leeren Raum auf eine Seelandschaft. Sitz ich im Empire-Armstuhl, in dem du heute sitzt — Nußbaum mit Birkenwurzelfurnier, Vierkantspitzbeine, Rückenlehne mit floraler Mittelzunge, schau es dir ruhig an, ich schätze jeden Gast, der weiß, worauf er sitzt —, dann blicke ich auf einen Frauenakt. Dies ist mein Reich. Ins Freie geh ich selten, du weißt, das Treppensteigen. Aber am Fenster stehe ich gern, verfolge mit besonderem Interesse die Motorradfahrer, habe, wenn mir bitter ist, Mühe mit den Rennradfahrern, die bunt vorüberzischen, halten sich, sag ich mir dann, für knackige Himmelskinder und sind doch nur bornierte Trampler. So macht mich der Juni, so kindisch neidisch, oft möchte ich die Hände zu einem Trichter formen und jedem Mann, der sich vergnügt und zielbewußt benimmt, und jeder Frau, die sich als Schwalbe fühlt, ein Wartenur zubrüllen, ein giftiges Wartenurbalde. Was soll's. Anflüge, Anwandlungen, ich gönne allen ihren Frühling und ihren Herzensjubel, wirklich, ich warne mich. Es geht mir recht, ich kann noch vieles, und was ich kaum mehr kann, einkaufen, putzen und so fort, besorgt Frau Guhl, ich bin kein Pflegefall, ich liege nicht im Bett und sitze nicht im Rollstuhl, und wenn Kollege Dümperli, mein Assistent und Stellvertreter — Stellvertreter! So höflich drückt man sich im Amt für Denkmalpflege aus —, wenn Dümperli zu einer Kurzbesprechung kommt, denkt er wahrscheinlich wirklich, er sei nur Stellvertreter, und nimmt sich seine Aufstiegsphantasien übel. Der Mann ist dreißig und leider nicht sehr fähig, spricht, wie ich höre, mit den Architekten lieber über Eishockey als über Steinfraß, Riegelwerk und handgespaltene Lärchenschindeln, und ich muß immer lüften, wenn er hier war, er scheint nichts gegen Achselschweiß zu unternehmen, ich sähe ihn am ehesten als Sportberichterstatter beim Lokalblatt, ist ja egal, auf jeden Fall hat er kapiert, daß ich zum eisigen Chef werde, wenn er in Sachen Sport nicht auf den Mund hockt, ist ja egal, und unter uns gesagt, ich habe abgeschlossen mit der Denkmalpflege, innerlich, zumindest mit dem Amt; was ich noch tue, tu ich pantomimisch.

3

Ob dein Besuch wie letztes Mal zur Stippvisite wird, diktieren Kraft und Atem. Glaub mir, zu spüren, daß der Wille, mit dem wir aufgewachsen sind, der uns besonders ichhaft vorkommt, weil er viel Schwere überwindet, Trägheit bezwingt, dem liederlichen Körper zeigt, wer dirigiert, kurz: weil er uns die Erfahrung machen läßt, daß wir die Kapitäne sind, zu spüren, sage ich, wie dieser Wille schrumpft, wie er entmachtet wird durch einen Körper, der plötzlich starre Grenzen setzt, Entscheide übernimmt und paradoxerweise durch pure Schwäche zum Diktator wird: dies kränkt, und dies erniedrigt, und gegen diesen Schmerz war der Karthago-Schmerz ein Nadelstich. Und doch, ich spüre manchmal so etwas wie Wollust in der Knechtschaft. Wenn mich mein Leib in Ketten legt, bin ich dann nicht entlastet? Wer hat das Recht, den übermannten Willen zu ermahnen? Ich kann die Peitsche nicht mehr schwingen, kann mir die Sporen nicht mehr geben, ich darf zum ersten Mal in meinem Leben schamfrei ein fauler Gaul sein. Die Pflicht zur Gegenwehr entfällt. Zieht es mich nieder, strample ich nicht, ich sinke, das ist süß.

Froh, eine Weile lang nicht reden zu müssen, ging ich hangaufwärts, auf ehemaligen römischen Straßen, auf schmalen Pfaden, über Treppen, vorbei an mehr oder weniger bescheidenen Denkmälern, und die Wildheit und Ungepflegtheit der Anlage gefiel mir. Lange betrachtete ich eine punische Grabstele, die schief und beschattet hinter Strauchwerk stand, ein Sandstein mit ziemlich roh herausgearbeiteter Relieffigur, einen Menschen oder Gott mit erhobenen Armen und über dem Kopf verschränkten Händen darstellend, ziemlich derb, wie gesagt, und ohne plastische Kraft skulptiert, trotzdem ergreifend wie alles Unscheinbare und kindlich Ungelenke. Ich fror jetzt nicht mehr, und ich fühlte mich, außer daß ich ein wenig Hunger und Durst hatte, wieder wohl. Am oberen Ende des Parks stieß ich auf die Ruinen einer byzantinischen Basilika. Hier setzte ich mich auf einen Quaderstein, rauchte, genoß die Stille. Niemand anderer schien sich hierher verirrt zu haben. Grünberg noch nicht in Sicht. Ich hatte plötzlich das Gefühl, der einzige Überlebende zu sein, der Ruinenhüter, während alle anderen längst in der Tiefe der Zeit und des Bodens versunken waren. Ich dachte an Regina und unseren toten Sohn, und ich ließ die zwei Verlorenen durch die Steinwüste auf mich zukommen, Hand in Hand, aber ich sah sie verschwommen, sah nicht sie selbst, nur das verzitterte Foto, das ich stets bei mir trug, sei es aus Liebe, sei es aus Pflichtgefühl, sei es aus bloßer Gewohnheit. Da stand ich, um alles Ungewisse abzuschütteln, ruckartig auf, und jetzt mußt du mich einen Augenblick entschuldigen, die Nasensonde ist fällig, zwölf Atemzüge aus der Flasche sind geboten, Moment.

Wunderbar, ein Hochgenuß aus der Konserve, willst auch ein Häppchen? Nicht? Frau Guhl hat einmal davon genascht und nachher trällernd Staub gesaugt. Sagte ich schon, daß sie eine Perle ist? Eine sechzigjährige Perle, ich habe Anlaß zu vermuten, daß sie für mich betet, was mir recht ist. Sie hat mir neulich einen Nierenwärmer mitgebracht, und da ich keine große Freude zeigte, erzählte sie stockend, aber ohne zu weinen, daß ihr Mann vor drei Jahren gestorben sei, daß sie ihn, heimkehrend von einer Werbefahrt für Klimawäsche, unter dem Küchentisch gefunden habe, Hirnschlag, und daß dieser Nierenwärmer ihr Mitbringsel für ihn gewesen sei. Ich war gerührt, wirklich gerührt, so wie ich zeitlebens gerührt und verwundert gewesen bin, wenn mir jemand ohne Verdienste meinerseits und ohne Absichten seinerseits ein Zeichen der Zuneigung oder der Wertschätzung gegeben hat, und manchmal frage ich mich, warum es so viele Menschen gibt, die sich, ohne zu staunen oder an einen Irrtum zu denken, einfach gemocht wissen.

Ich stand also auf, ruckartig, wie gesagt, und in der gleichen Sekunde krümme ich mich, von einer Harpune durchbohrt, und knicke ein. Ein Schmerz, dumpf, aber rasend, füllt meinen ganzen Brustraum, kriecht langsam zum Hals, kriecht in die Schulter, zieht ätzend bauchwärts, ich schreie auf, knie vornübergebeugt, gestützt auf die Unterarme, vor Mund und Augen die Erde, gleich ist es aus, gleich ist es aus, so also geht das, Grasbüschel, verkrallte Finger, Schweiß, kein Mensch. Ich sterbe nicht: der Schmerz ist noch da; ich sterbe nicht: der Schmerz läßt ja nach, hinter dem Brustbein läßt er schon nach, aber der Magen, das Bohren im Magengebiet, natürlich, eine Kolik, vielleicht eine Couscous-Vergiftung, ein Gallenkrampf, wo ist die Gallenblase, links oder rechts, ich weiß nicht, wo die Gallenblase ist, der Blinddarm ist rechts, das Herz ist links, das Herz? Unmöglich, mein zuverlässigstes Organ, ich bin zu jung, kein Fett, kein Mangel an Bewegung, unmöglich.

Ich rutschte unter Atemnot zu einem Mäuerchen, das mir als Rückenlehne diente, fand hier, am Boden sitzend, die Knie angezogen, die Arme auf den Knien, die Stirne auf den Armen, ein wenig Linderung. Die Todesangst wich, und eine Weile lang empfand ich so etwas wie freundliche Gelassenheit auch beim Gedanken an das Ende. Möglich, daß die totale Schwäche mich apathisch machte. Ich saß etwa eine Viertelstunde, vielleicht länger, dann klangen die Schmerzen ab, und das Abklingen der Schmerzen war so erlösend, daß ich nicht nur ein umfassendes Wohlgefühl spürte, sondern auch, wie soll ich sagen, einen tränenseligen Übermut. Aber ich blieb in der gleichen Stellung sitzen, traute mich nicht aufzustehen und hörte plötzlich Rufe: Mister Hatt, Mister Hatt! — Hello, sagte ich, ohne den Kopf zu heben, und wunderte mich, daß Grünberg sich meinen Namen hatte merken können. What's wrong with you, are you okay? Einen Moment lang, als ich aufschaute, war ich geblendet, sah nur zwei Beine im Gegenlicht und sagte: Not very much. Grünberg, noch immer in Begleitung des Araberjungen, der sich sofort vor mir auf die Fersen setzte und mich groß und hilfsbereit anschaute, begann Fragen zu stellen, berührte mit dem Handrücken meine Stirn, was ihm der Junge sogleich nachmachte, und sprach, da ich offenbar fahl und hinfällig aussah, von Ambulanz. Ich winkte ab. Ich sagte, ich hätte eine Kolik gehabt, und bat ihn, mir beim Aufstehen behilflich zu sein. Der Junge verstand rascher als Grünberg, half aber eine Spur zu eifrig, so daß mir, als ich stand, ein wenig schwindelte. Nicht schlimm. Dann hakten sich beide bei mir ein, worüber ich zuerst froh war, was sich aber nach etwa fünfzig Schritten, als ich mit Freude merkte, daß ich gut auf den Beinen war, als überflüssig erwies. Grünberg gab mich frei, während sich der Junge noch hartnäckiger verklammerte, wahrscheinlich in der Überzeugung, daß die Gelegenheit zu einer derart beispiellosen Dienstleistung nicht zweimal kam. Grünberg erzählte, er und der Junge hätten mich überall gesucht, sogar in Zisternen und Grabkammern, richtig durchgekämmt hätten sie das Gelände, und er hoffe jetzt nur, da wir ein wenig verspätet seien, daß der Bus auf uns warte. Ich mochte nicht sprechen, ich mochte die Schritte nicht beschleunigen, es war mir alles gleichgültig, nur der Gedanke, Arm in Arm mit einem Araberjungen einzurücken, beunruhigte mich, und als der Bus in Sichtweite kam — wir hörten ihn hupen —, blieb ich stehen und verlangte mit freundlich bestimmten Worten die Freilassung. Der Junge ließ los, ich dankte ihm und wollte ihm zwei Dinare in die Hand drücken, aber er nahm sie nicht, er sagte in seinem erstaunlichen Französisch, daß er mich als seinen Freund betrachte und daß er an meinem Unglück — er brauchte das Wort ›désastre‹ — nicht verdienen wolle. Noch einmal dankte ich ihm herzlich, auch beschämt, und beim Weitergehen fragte ich mich, ob die sogenannte Lebenserfahrung nicht dazu führe, die menschlichen Motive fortwährend zu verkennen, und ob diese fortwährende Verkennung nicht allen Umgang irgendwie gespenstisch mache.

Ich erinnerte mich an meinen todkranken Vater, der das Gefühl gehabt hatte, er müsse meine Mutter auch als Sterbender noch beschützen, indem er Hoffnung heuchle und auf Wunder verweise, obwohl er wußte, wie es mit ihm stand, und obwohl er das Bedürfnis hatte, über sein Ende zu sprechen. Der Mutter, glaubte er, sei dies nicht zuzumuten, sie brauche Zuversicht. Die Mutter aber glaubte, bestärkt durch seine Berufung auf trügerische Hoffnungszeichen, daß sie, solange er sich nicht ergeben könne und vor dem Tod die Augen niederschlage, nicht über sein Ende mit ihm reden dürfe, obwohl sie das Bedürfnis hatte, es zu tun. Und hätte meine Schwester in den letzten Tagen nicht noch sanft vermittelt, was beide sehr erleichterte, was aber, wie mir scheint, auch einen stillen Argwohn auf die vergangene Empfindungswelt der Ehe hätte hauchen können, so wären sich die beiden bis in den Tod in Liebe fremd geblieben.

Oft, seit ich warte, überlege ich mir, ob das Aneinandervorbeifühlen auch in meiner Ehe, vielmehr in meinem kurzen Zusammensein mit Regina — auf dem Papier besteht die Ehe noch — von Bedeutung gewesen sein könnte, aber ich bin zum Schluß gelangt, daß man, streng genommen, nur aneinander vorbeifühlen kann, wenn man besonders viel füreinander fühlt, wenn eine gewisse Dauer und Innigkeit dazu verleiten, dem anderen die scheinbaren Wünsche vom Mund abzulesen, noch ehe der sich öffnet. Ich weiß, ich irre ab. Darf ich? Ich habe dir die Sache nie erzählt, und bis vor kurzem glaubte ich mich nicht mehr zu erinnern, zumindest nur verworren. Nun also. Ich kann ja nicht die ganze Zeit zu Hause sitzen und nichts denken, so forsche ich ein wenig, so merke ich, daß die Vergangenheit mit jedem Atemzug und Wimpernschlag ins Inventar der schützenswerten Bausubstanz gehört. Abbruchverbot. Bitte, es geht hier nicht um Ichfindung, mich nerven Leute, die ständig nach sich fahnden und meist den jeweils neuesten Verputz mit ihrem wahren und gesunden Selbst verwechseln. Ich interessiere mich für mich aus Neugier, vielleicht aus Langeweile, nicht in der Absicht, mich dingfest zu machen, schon gar nicht aus dem Wahn heraus, mich einzumitten und zu gräden, die Buckel loszuwerden, die Kreuze abzuwerfen und als ein aufgestellter Depp zu enden. So ist es doch, ich rede bildlich, hat heute einer einen krummgewachsenen Zahn, wird er, der Zahn, mit einer Spange zur Vernunft gebracht und aufgestellt. Schau dir die Heirats- und Bekanntschaftsinserätchen an: da suchen nur noch Aufgestellte Aufgestellte, kurzum, vor knapp zehn Jahren nahm ich teil an einem Fachkongreß in Lübeck. Mir fiel am ersten Tag schon eine Frau auf, die ihren Körper — kann man das sagen? — wie ein Kleid aus schwarzer Seide zu tragen schien. Am zweiten Tag hielt sie ein Kurzreferat über Dendrochronologie, also über die Methode, mit Hilfe der Jahresringe das Alter beziehungsweise das Fällungsjahr eines Baums, der dann zum Fachwerkbalken oder zu einem anderen Holzartefakt geworden ist, genau zu bestimmen. Die Frau hieß Regina Forst, und ich hatte das Glück, ihr beim gemeinsamen Mittagessen gegenüberzusitzen und trotz meines Schweizerakzents und meiner konversatorischen Unzulänglichkeit ihrem Geschmack zu entsprechen. Jedenfalls fand man wie zufällig auch am Abend wieder zusammen, war sich einig, daß es nichts Gräßlicheres gebe als eine Ansammlung von Denkmalpflegern und Heimatschützern, und setzte sich ab in ein Weinlokal, wo meine Wortarmut und ihre sonderbare Kühle endeten, wir sprachen spielerisch und unbefangen, es war schön, es war spannend, und als wir ziemlich angeglüht durchs nächtliche Lübeck spazierten, schien es uns schon kein Zufall mehr, daß wir im gleichen Hotel wohnten. Freilich nicht Tür an Tür, das wäre Schicksalspenetranz, nein, ich im zweiten, sie im fünften Stock. Ich fragte sie im Lift, ob etwas gegen einen Zwischenhalt im zweiten spreche, und es sprach nichts dagegen.

Wenn es dir recht ist, kürze ich jetzt ab. Nur noch ein scheinbar kleines Detail. Ich hatte damals einen Schlüsselhalter, dem man, wenn man die Schlüssel suchte, pfeifen konnte. Sobald ich also pfiff, sprach das Gerätlein an. In jener Nacht lag dieser Schlüsselhalter in meiner Jackentasche. Plötzlich, Regina war in einem Stadium, in dem die Lautgebung nicht ganz beherrscht wird, begann das Apparätchen, empfänglich für Reginas Schwingungszahl, zu piepsen. Nun kommt das Unerhörte. Es zeigte sich, daß auch Regina ein solches Apparätchen hatte, und zwar in ihrer Handtasche, und daß ihr Apparätchen seinerseits auf die Frequenz des meinigen ansprach und stracks mitpiepste. Ich mußte, um zu verhindern, daß sich die beiden die ganze Nacht lang gegenseitig stimulierten, aufstehen und meinen Schlüsselhalter unter zwei Ersatzwolldecken, die im Kasten lagen, stecken. So bedauerlich dieser Unterbruch als solcher auch war, so kostbar schien uns der Vorfall, denn erstens ist es leichter, miteinander zu schlafen, als miteinander zu lachen, und zweitens empfanden wir das wundersame Wechselspiel wie ein Versprechen. Ich erschrak dann allerdings, als mir Regina vier Wochen später von Hamburg aus, wo sie wohnte und als wissenschaftliche Mitarbeiterin in einem Museumslabor tätig war, brieflich mitteilte, daß unser Zusammensein zwar unnötige, aber von ihr trotzdem nicht nur akzeptierte, sondern im Herzen als logisch empfundene Folgen gehabt habe. Als Biologin wisse sie, daß die Natur eine Schwäche für Pannenkinder habe, sie kenne genug Paare, die pausenlose Befruchtungsversuche, auch artifizielle, unternähmen und schließlich, entnervt durch die Fehlschläge, ein oder zwei Kinder adoptierten, worauf sich die Fertilität, meist in Form von Zwillingen oder Drillingen, dann doch noch einstelle. Jedenfalls habe sie, Regina, das Pannenkind ohne viel Zaudern und unabhängig von meiner Ansicht oder meinem Willen zum Wunschkind erhoben, und dabei bleibe es. Ich erschrak ein wenig, wie gesagt, ich war schon damals ein Gegner der Fortpflanzung, ich sehe nicht ein, warum die Leute unablässig Kinder in die Welt setzen, nur damit Söhne heranwachsen, die auch wieder Bier trinken und blöd herumschwadronieren, nur damit Töchter heranwachsen, die auch wieder Teigwaren kochen. Andrerseits fand ich, daß eigentlich nichts gegen das Kind sprach, und sogar eine Heirat konnte ich mir vorstellen. Wir hatten, glaubte ich und dachte dabei an unser Schlüsselerlebnis, die gleiche Wellenlänge, wir konnten reden und lachen miteinander, und unsere Körper waren sich zugetan in einer Sympathie, die ich als wuchtig bezeichne. Auch war ich beamtet, verdiente gut und hatte eine große Wohnung. Und schließlich spürte ich, daß ich auf meine Frauenheldentätchen und Lassowerfereien nicht nur verzichten konnte, sondern wollte, da sie mich wenig nährten. Dies alles, das letzte ausgenommen, schrieb ich ihr. Sie schrieb zurück, daß ihr mein Antrag, obwohl er tollkühn sei, gefalle, daß ihr, obwohl sie der Gedanke an eine Kleinfamilie nicht unbedingt berausche, die vaterlose Aufzucht auch nicht erstrebenswert erscheine. Indessen bestehe kein Anlaß zur Übereilung, das holzbiologische Forschungsprojekt, an dem sie arbeite, wolle sie zu Ende führen, das könne noch drei bis vier Monate dauern, anschließend wäre sie bereit, versuchsweise mit mir zusammenzuwohnen, was Gelegenheit dazu gäbe, uns jene Minimalkenntnisse übereinander anzueignen, die für einen Heiratsentscheid von Nutzen seien. Vor der Geburt des Kindes zu heiraten, halte sie auf keinen Fall für tunlich, sie merke nämlich jetzt schon, wie die Schwangerschaft sie verändere, was für kuriose Nest- und Geborgenheitsphantasien sie entwickle, und sich in diesem Zustand mangelnder Nüchternheit und eingeschränkter Urteilskraft ehelich zu verbinden, wäre, gerade weil ihre Instinkte damit liebäugelten, falsch und mir gegenüber nicht redlich. Ich billigte alles, auch wenn es mich ein wenig kränkte, daß ihr Verstand den meinigen so sachlich in den Senkel stellte, und ich erwog Momente lang, gepackt von Ehrgeiz, gegen die Besonnenheit Reginas anzustürmen, sie förmlich zu betören und ihr den Kompaß aus dem Hirn zu zaubern. Ich tat es nicht, es wäre erstens unreif und zweitens aussichtslos gewesen. Ein paarmal reiste ich nach Hamburg, die Wochenenden waren hell, die Körper und die Seelen einvernehmlich, und immer sorgte ein langes blondes Haar auf meinem Jakkenärmel dafür, daß das Gefühl der Leere, wenn ich nach Hause fuhr, ein sanftes war. Regina kam im Frühjahr, ich aber komme nicht vom Fleck, und sicher schiele ich vor Müdigkeit.

4

Für zehn Millionen Dollar — Herr Hatt, zehn Millionen! — hat ein Fotomodell in Amerika ihren Körper versichert, für fünf Millionen das Gesicht, für zwei Millionen die Brust, Beine und Arme für je eine Million und ebenfalls für eine Million den Rest des Körpers.

So jüngst Frau Guhl.

Und das Herz, frage ich, was ist mit dem? Frau Guhl errötet, zieht ihre Schürze, blau-weiß kariert, aus ihrer Kunstledertasche, packt etwas zittrig die Zitronentörtchen aus, die sie am Vorabend kurz vor Ladenschluß, das heißt zum halben Preis gekauft hat, sagt verlegen: Wird wohl zum Rest gehören, es tut mir leid, Herr Hatt, ich wollte Sie nicht ... Frau Guhl, ich Sie doch auch nicht, meine Frage war dumm, das Fräulein hat natürlich nur die Fassade versichert, das Innere ist für die Präsentation von Wäsche nicht von Belang. Frau Guhl errötet wieder, sie bindet sich die Schürze um, sie sagt: Was ich schon lange sagen wollte, es ist ein altes Hausrezept, man könnte es mit Enzianschnaps versuchen, einfach einreiben, die Herzgegend einreiben, vielleicht am Morgen und am Abend, ich meine nur.

Nein, sie weiß nicht Bescheid, sie weiß die Hälfte, sie soll die Hälfte wissen und mir auch weiterhin unzensuriert und ohne Scheu und Schonung ein wenig Außenwelt zutragen. Du weißt ja, mein Gedankenkreis ist eingeengt, die Zeitung ertrage ich nicht mehr, es wäre auch, in Anbetracht des Unsterns, eine Torheit, mich Tag für Tag freiwillig der Verschlammung auszusetzen. Sogar die Lust am Radio vergeht mir oft, vor allem wenn sich unsere Politiker auf hochdeutsch melden, ich frage dich: Wie sollen Leute, die ach- und ich-Laut nicht auseinanderhalten können, die nie etwas von Hinter- oder Vordergaumen gehört zu haben scheinen, die lebenslang unfähig sind, das K ein bißchen, nur ein bißchen weicher und behauchter auszusprechen, die also jede Lernbereitschaft und jede Einfühlung vermissen lassen, wie sollen solche Leute in der Lage sein, die wirklich schwierigen Probleme zu bewältigen? Es mag, ich schließe es nicht aus, den einen oder anderen geben, der weicher könnte, wenn er wollte, der aber, schlau wie er ist, wohl weiß, daß seinem Volk das Rachen-ch vertrauenswürdig scheint, wogegen es den ich-Laut als Unterwanderungsversuch empfindet. Wenn doch die Frauen wenigstens, so wie versprochen, die Politik mit weiblich weichem Urstoff anreicherten! Allein, sie gaumensegeln mit. Und diese Stimmen. Die Männerstimmen eckig röhrend, die Frauenstimmen sägend und gepreßt, mein Gott, vom Satzbau habe ich noch nicht gesprochen, geschweige denn vom Inhalt des Gesagten, darauf verzichte ich, es würde mich zu sehr angreifen, und auf dem Programm steht Karthago, ich wollte einfach sagen, daß mir Frau Guhl die Medien und damit wohl die Welt ersetzt.

Um keinen Zweifel an der allgemeinen Mißbilligung aufkommen zu lassen, hupte der Fahrer noch, als wir schon einstiegen. Die Businsassen blickten kalt oder schüttelten die Köpfe, man hätte meinen können, daß unsere knapp fünfminütige Verspätung sie alle um einen Teil ihrer Lebenszeit betrogen habe. Es war mir gleichgültig, ich hatte das Sitzpolster, wenn auch außer Atem, erreicht, und bis auf weiteres würde mich niemand mehr daraus vertreiben können. Aber die Angst vor einem neuerlichen Anfall blieb. Wenn ich wirklich, was mir immer wahrscheinlicher schien, eine Kolik gehabt hatte, womöglich, wie mir erst jetzt in den Sinn kam, verursacht durch einen Gallenstein, dann konnte sie sich jederzeit wiederholen. Ich hätte mich beim Reiseleiter schon in Karthago abmelden sollen, hätte mit einem Taxi zurück nach Hammamet fahren und mich dort sofort ins Bett, in dem gewiß am wenigsten passieren konnte, legen sollen. Im Notfall würde die Hotelleitung einen Arzt gerufen haben, ich durfte annehmen, daß in einer Stadt mit sieben Banken auch die medizinische Versorgung gewährleistet war. Nun aber lobte der Reiseleiter Sidi Bou Said, den Ort, den wir in wenigen Minuten erreichen würden, der Name allein sei ein Gedicht, als Märchendorf bezeichnete der Reiseleiter Sidi Bou Said, als andalusisches Juwel, als Perle und schließlich als eine dem Meer entstiegene Jungfrau, die schon Malern wie Klee und Macke als Vorlage gedient habe. Diese Ausführungen sowie die rund zwanzig anderen Busse, die, von Souvenirständen umringt, auf dem

Parkplatz unterhalb des Dorfes standen, bestärkten mich im Entschluß, sitzenzubleiben. Grünberg, besorgt, erklärte, er verlasse mich nicht, stieg dann aber, als ich ihn bat, mir etwas Trinkbares zu besorgen, doch aus. Nun kam der Reiseleiter nach hinten und forderte mich zum Verlassen des Busses auf, er müsse ihn während des Aufenthalts abschließen. Ich blieb sitzen, wir schauten uns eine Weile lang an und fanden uns unangenehm. Da sagte ich, um ihn zu beeindrucken, etwas Seltsames. Ich sagte, daß es mir aufgrund einer Herzkrankheit unmöglich sei, eine längere Strecke bergaufwärts zu gehen, schon gar nicht, wenn sie steil ansteige. Der Reiseleiter gab sofort auf, wünschte mir eine angenehme Wartezeit und bat mich, da er in diesem Fall nicht abschließe, den Bus zu bewachen. Ich nahm mir vor, in Zukunft wieder etwas häufiger zu lügen, so wie ich es in meiner Kindheit und Jugend mit guten Ergebnissen getan hatte. In meinen Schulzeugnissen stand in der Spalte ›Betragen‹ immer ›sehr gut‹, während die Kameraden, die den Lehrern die Wahrheit zugemutet hatten, ein ›nicht immer befriedigend‹ bekamen, was dann im betreffenden Elternhaus zu einer zusätzlichen Ohrfeige führte, womöglich zur Unterstellung, sie, die Fehlbaren, hätten den Lehrer irgendwann angelogen und jetzt die Quittung dafür erhalten.

Ich lehnte mich zurück, es war halb zwölf, mein Magen wimmerte, aber ich hatte nicht den geringsten Appetit. Was lag noch vor mir? Zuerst das Mittagessen, anschließend das Nationalmuseum, darauf freute ich mich, zum Schluß die Medina von Tunis. Ich nahm mir vor, den Tag zu überstehen. Da die ängstliche Selbstbeschauung immer Irreguläres aufspürt — immer zuckt, zieht, drückt, knirscht, bohrt oder beißt etwas, und wenn du dir ständig den Puls mißt, beginnt er zu stolpern —, mußte ich mir den Körper, so gut das halt geht, vom Leib halten und mich verstärkt der Außenwelt widmen. Nach einer Viertelstunde brachte mir Grünberg einen Becher mit heißem Pfefferminztee, den ich mit größtem Behagen trank. Für sich selbst hatte Grünberg einen kleinen, drahtgeflochtenen Vogelkäfig gekauft, blau-weiß und bauchig, ein Abbild maurischer Architektur, die übrigens zu den Lichtblicken meines Aufenthalts gehörte. Daß ich mich selbst im Hotelzimmer von einer Kuppeldecke überwölbt sah, entschädigte mich für vieles und stimmte mich den sanitären Mängeln gegenüber mild, nicht so mild allerdings, daß ich darauf verzichtet hätte, den Rezeptionisten auf die defekte WC-Spülung hinzuweisen. Er schickte den Hoteldiener, einen alten Araber mit Fes und Plastikpantoffeln, der zog unendlich zart am Kettchen, das Wasser kam, er salutierte.

Elf Busse vor dem Restaurant bei Tunis, ich zählte sie. Der Speisesaal gigantisch, die Tische zwanzig Meter lang, rund dreißig Kellner. Gegessen wurde schicht- und reisegruppenweise. Sobald der letzte einer Gruppe den letzten Bissen verzehrt hatte, hob man die Tafel auf, in rasender Eile räumten die Kellner ab, rasend deckten sie neu, die nächste Gruppe setzte sich und speiste rasend, erster Gang, zweiter Gang und Pudding, den Menschen schien das bestialische Verfahren nicht unwillkommen, sie konnten sich so geben, wie sie waren, und ihre Nahrung ohne aufzufallen mit ehrlicher Gefräßigkeit vertilgen. Ich saß, aß nichts, ich wünschte allen immerwährende Amöben. Verließ den Saal und wusch mir in der Toilette, in der es, ähnlich wie in den kultivierten Toiletten hierzulande, nach Veilchenspray und Scheißdreck roch, das fremde Wachsgesicht. Als ich mich aufrichtete, sah ich alles ein wenig verzerrt, und diese kurze Sehstörung bewirkte wieder Todesangst. Aber ich merkte, daß sie sich weniger auf den möglichen Tod als solchen bezog, als auf die Umstände, denn ich dachte in diesen Augenblicken fest an Regina. Was ich meine, ist schnell erläutert. Es war mir damals — ich sage ›damals‹, weil ich heute, mehr oder weniger gefangen, nicht mehr in die Weite ziehe — die entsetzlichste Vorstellung, irgendwo in tiefer Fremde, in einem zufälligen Weltwinkel, abgeschnitten von allem und allen Vertrauten, niedergeworfen zu werden und zugrunde zu gehen. Ich nenne diesen Tod, wo immer er geschieht, den Polartod, und ich glaube, daß ein Mensch in dieser Lage, selbst wenn der Tod in letzter Sekunde von ihm ablassen wollte, trotzdem sterben müßte, weil er das Höchstmaß an Verlassenheit nicht überleben kann, verstehst du, er stirbt dann nicht an einer Krankheit oder Verletzung, er stirbt am gleichen, an dem nach meiner Überzeugung der unbestechlichste Gewährsmann unserer Gottverlassenheit gestorben ist: an eben dieser, das heißt am

Hauch der Polarluft. Ich habe einen jungen Mann gekannt, der vor Jahren Sulawesi bereiste und nie mehr zurückkam, zuerst für verschollen, dann amtlich für tot erklärt wurde, und das Schicksal und einsame Ende dieses mir keineswegs nahestehenden Menschen beschäftigt mich bis auf den heutigen Tag so stark, daß ich, wenn ich daran denke, von Panik und Grauen befallen werde und ein so heftiges Erbarmen spüre, wie ich es nicht einmal beim Sterben meines Kindes spürte, denn das Kind hatte in unseren Armen sterben können, während der junge Mann zum Polartod verurteilt gewesen war. Ich dachte also in dieser tunesischen Toilette an Regina, weil sie für mich, auch lange nach der Trennung, für Heimat stand, für etwas Heimatähnliches auf jeden Fall, sie war der Mensch, dessen Nähe und Beistand ich mir damals gewünscht hätte und manchmal auch heute noch wünsche, wenn ich mich frage, wer mich begleiten könnte, falls das Geschick ein eigentliches Sterben für mich vorsieht und nicht den Überraschungstod, der keiner Begleitung bedarf und mir trotz seines guten Rufs auch nicht genehm ist. Ich weiß, er gilt den meisten als der schönste, obwohl man ihn nur den bequemsten nennen dürfte. Er ist ein Massenwunschbild, Augen zu, wer abgeht, will's nicht auch noch wissen, wer wunschgemäß abrupt, das heißt besinnungslos verendet, dem widerfährt gewissermaßen nicht viel Neues.

Du wirst dich wundern, daß ich noch an Regina hänge, ich wundere mich auch, ich weiß nicht, bin ich seelisch unbeweglich oder bin ich treu, vielleicht ermöglicht Unbeweglichkeit die Treue, vielleicht führt Treue auch zur Unbeweglichkeit, so oder so, wir hatten, mußt du wissen, niemals Krieg. Wir sind auseinandergegangen, damals, und in Verbindung geblieben, auch wenn wir uns selten gesehen haben, Kiel, wo sie heute lebt, liegt nicht am Weg. Man schreibt sich ab und zu, man ruft sich an, unlängst hat sie ein kleines Buch geschickt und mich gebeten, es zu lesen, es handelt sich um eine Verserzählung aus dem Mittelalter, ich habe noch nicht angefangen, ich brauche Überwindung, um auch zu wollen, was ich soll, Regina kam also, wie schon erwähnt, im Frühjahr, vor rund neun Jahren, im siebten Monat schwanger, und Ende Juni kam der Sohn, der Hans, Hans hieß er, weil sowohl mein als auch Reginas Vater Hans geheißen hat und weil wir diesen Namen altmodisch, aber schlicht und währschaft fanden. Anfangs ist es mir störend vorgekommen, daß Regina — natürlich konnte sie nicht anders — mit unserem Säugling schriftdeutsch sprach, hamburgisch, es schien mir allen Ernstes unwahrscheinlich, daß ein so neues Kind die Sprache, die ich in der Schule mit störrischem Gemüt erlernen mußte, so mir nichts dir nichts faßte. Ich selbst sprach Schweizerdeutsch mit Hans, was Regina, die kaum ein Wort davon verstand, vielleicht auch nicht als kindgemäß empfand, auf jeden Fall wuchs Hans ein bißchen eingeklemmt heran. Übrigens habe ich unsere unterschiedliche Sprache schon vorher oft als etwas Trennendes erlebt. Gerade Herzenssachen erwiesen sich für mich, sobald ich sie formulieren wollte, als muttersprachliche Herzenssachen, und je heißer das Empfinden war, desto kühler tönte die Übersetzung. Es ist uns Schweizern, zumindest im mündlichen Verkehr und abgesehen von der Furcht vor Kasusfehlern, kaum möglich, auf hochdeutsch Liebe oder Leidenschaft zu äußern, ohne uns künstlich zu finden. Und umgekehrt, uns klingen Liebesworte, hochdeutsch in unser Ohr gestammelt, ein wenig unvertraut, ja fast gestelzt, so stammelt man sonst nur am Bildschirm und im Schauspielhaus, kurzum, es hat mir immer weh getan, daß Fremdheit ausgerechnet im intimen Umgang so spürbar wurde. Aber ich habe mich nie getraut, mit Regina darüber zu sprechen, ich habe nur einmal in anderem Zusammenhang erwähnt, daß der Ausdruck ›alles klar‹ — sie brauchte ihn vielleicht einmal, vielleicht auch dreimal täglich — für mein Gefühl etwas Schneepflughaftes habe und jenen Teil des deutschen Wesens zu resümieren scheine, der mich kleinlaut mache. Regina sah sich sofort, obwohl sie selbst die Deutschen ständig tadelte, zurechtgewiesen, sie fühlte sich sehr rasch zurechtgewiesen, ein harm- und ahnungsloses Antippen ihres Schulterblattes empfand sie als Maßregelung, als Hinweis darauf, daß ihre Haltung krumm sei, was sie weiß Gott nicht war. Sonst ging es gut, sonst ging es wirklich gut, ein halbes Jahr nach Hansens Ankunft fand Regina, es wäre doch nebst allem, was sonst für eine Heirat spreche, hübsch exotisch, zur Bürgerin der Eidgenossenschaft zu werden. Ich zauderte. Worauf sie etwas Unerwartetes und Neues tat. Sie warb. Sie drängte. Nur Tage später, am Silvester, bei einem Spitzenbordeaux, zedernholzbetont, mit weicher und verhaltener Textur, gab ich mein Jawort.

Es macht mich elend, wenn ich daran denke, was für Schätze auch heute noch in meinem Keller liegen, brachliegen, wessen Nase, wessen Zunge und Gaumen wird sie einst würdigen? Ich bringe es nicht übers Herz, sie zu verschenken, dies hieße Selbstaufgabe, ich habe durchaus Auferstehungschancen, die Ärzte jedenfalls sind zuversichtlich, sie werden, wenn ihre Stunde kommt, ihr Bestes tun. Inzwischen wartet man und gleitet durch die Tage und kreidet sich die Sohlen ein, weil man in hellen Augenblicken träumt, das Seil in bessere Gefilde sei schon gespannt. Weißt du, wo ich die träumerischen Augenblicke habe? Nein, nicht im Bett, das Bett ist mir vergällt. Seit ich Morphiumtropfen nehme, bin ich um alles gebracht, was ein Bett an Himmlischem zu bieten hat. Ich lege mich hin und schlafe nach Sekunden ein und schlafe traumlos. Um sechs, oft schon um fünf, erwache ich, öffne die Augen und bin grellwach. Es gibt kein wirkliches Einschlafen und kein wirkliches Aufwachen mehr, ich bin betrogen um die Zwischenphasen, die sanften Übergänge, vorbei das Dösen, vorbei der traumverworrene Halbschlummer, kein blaues, pflanzenhaftes Dämmern mehr, kein wohliges fötales Schaukeln. Vom Schlaf an sich hat man ja nichts, nur von den Rändern, und diese sind mir jetzt genommen, mein Bett ist wie entweiht, ich schlafe nicht mehr aus, ich bleibe, jetzt wo ich täglich dürfte, nicht mehr liegen, weil ich nicht liegenbleiben kann, und stehe so früh auf, als gelte es, die kolossalsten Pflichten zu erfüllen. Nein, nicht im Bett, im Stuhl, in diesem derben Bauernstuhl aus Fichtenholz, die Beine sind leicht ausgestellt und konisch und eingefügt in Leisten, die das Sitzbrett tragen, das seinerseits verzapft ist mit der Vollbrettrückenlehne, in der ein ausgesägtes Herz als Griffloch dient, in diesem zirka hundertsechzig Jahre alten Stuhl erlebe ich die hellen Augenblicke, er ist mein Lieblingsstuhl und bleibt es nur, weil ich mich auch auf alle anderen setze, wodurch das Differenzgefühl sich nie verflüchtigt. Vorlaute könnten folgern, mein Lieblingsstuhl sei der mir bequemste Stuhl, weil sie Bequemlichkeit und Wert gleichsetzen, als gäbe es nicht andere Maßstäbe, als gäbe es nicht die Geschichte dieses Stuhls, die sich zu irgendeinem Zeitpunkt in die Geschichte des jetzigen Besitzers einflocht. Ich weiß, neuerdings wird das herkömmliche, das statische und scheinbar unbequeme Sitzen angeschwärzt. Prospekte preisen das Aktivsitzen, Prospekte beteuern, das Leben werde dann erst sitzenswert, wenn ein Stuhl dem Abwechslungsbedürfnis und der Bewegungslust des Körpers entgegenkomme. Ob diese Stühle in der Tat bequem sind, kann ich nicht ermessen, ich stelle einfach fest, daß Haltung, die Strenge und Besinnung möglich macht, nicht mehr im Trend liegt und daß man nächstens wohl ein Sofa bauen wird, das uns zum Aktivliegen zwingt. Also, mein Lieblingsstuhl ist nicht der mir bequemste Stuhl, auch nicht der unbequemste, nur der mir liebste.

5

Ich habe am Morgen gemerkt, daß ich mir seit langem keinen Wunsch mehr erfüllt habe, so habe ich nach einem erfüllbaren Wunsch gesucht und ein schiefergraues Seidenhemd vor mir gesehen, und ich bin mit dem Taxi in die Stadt gefahren. Im Kleiderkaufhaus ist mir aufgefallen, daß jetzt viele Frauen auf der Suche nach einem neuen Badeanzug sind, daß sie ihn zuerst mit den Händen prüfen, dann von der Stange nehmen und mit gestreckten Armen vor sich hinhalten und dann mit ihm in einer Umkleidekabine verschwinden. Ich habe mir vorgestellt, wie sich diese Frauen hinter den Vorhängen weitgehend ausziehen, habe sogar geschaut, ob irgendwo ein Spältchen offengeblieben sei, durch das mir vielleicht ein wenig Frauenhaut entgegenschimmerte. Plötzlich habe ich bemerkt, daß ein anderer Mann, der sich vordergründig mit Boxerhosen beschäftigte, über diese hinweg auf eine Kabine starrte, deren Vorhang tatsächlich nicht ganz geschlossen war. Er stand günstiger als ich, und sein gebannter Blick hat mir bewiesen, daß er etwas sah. Ich habe ihn innerlich sofort als erbärmlichen Spanner beschimpft, und gleichzeitig habe ich mich mit ihm verbündet und einen großen Unmut gegen die Frauen gespürt, die mit ein paar Fleischteilen die Männer zu rasch atmenden armen Teufeln machen können. Ich habe an Frankfurt denken müssen, an ein Erlebnis vor zwei Jahren, das ursächlich mit Goethe zu tun gehabt hat, mit dem Goethe-Haus am Großen Hirschgraben, das ich besichtigt und als denkmalpflegerisches Ärgernis empfunden habe, denn dieses Haus hat nichts mit Pflege und Erhaltung überlieferter Bausubstanz zu tun, weil es nichts weiter als eine aufgeplusterte Attrappe ist, historisch verbürgt sind nur ein paar Blöcke aus rotem Mainsandstein im Fassadenaufbau des Erdgeschosses, ferner, angeblich, die untersten Stufen der Treppe, die zum ersten Stock führt, der Rest ist Trug, das Haus ist nämlich nach dem Zweiten Weltkrieg nur noch ein Aschenhaufen gewesen, und statt ihn liegenzulassen und zu konservieren, um der Welt zu zeigen, was es mit Größe auf sich hat, hat man das Haus wiederaufgebaut, hat das verlorene Erbe rekonstruiert und vollgestopft mit altem und typenähnlichem Inventar, und die Besucher nehmen die Dichtung für Wahrheit und stehen erschauernd vor den Imitaten und trauen sich nur zu flüstern, einzig eine japanische Reisegruppe, die im Halbkreis um das Klöppelkissen herumstand, das Goethes Mutter angeblich auf ihrem Schoß liegen hatte, wenn ihr ums Klöppeln war, einzig diese Japaner haben laut geschnattert, was sie übrigens, wie ich einmal erlebt habe, auch im Salzburger Mozarthaus tun, wenn sie sich um die angebliche Mozartlocke scharen, die rotblond unter Glas liegt. Das ist wohltuend, alles andere hat mich abgestoßen, das Haus als gotische Mogelpackung ebenso wie der verlogene Kult, der in den Räumen dieses Hauses am Großen Hirschgraben betrieben wird, und ich habe mich nach etwas plump Ordinärem gesehnt und bin vom Goethe-Haus direkt in eine Peep-Show gegangen. Das heißt nicht ganz direkt, denn unterwegs, auf der Kaiserstraße, bin ich von einem Wolkenbruch überrascht worden und habe mich in ein Kaufhaus geflüchtet, und da sind mir zwei Männer in gelben Plastiküberwürfen mit Kapuzen aufgefallen, zwei Nordafrikaner, die zusammen zehn Regenschirme gekauft haben, das Stück zu vierzehn Mark. Das ist mir so sonderbar vorgekommen, daß ich ihnen trotz des Regens gefolgt bin. Sie haben sich hundert Meter neben dem Kaufhaus in einen breiten Hauseingang gestellt und die Schirme schön geordnet vor sich hingelegt, aber jeder hat einen in der Hand behalten und geschwenkt, um die Passanten auf die Rettung aufmerksam zu machen. Ich bin ganz in der Nähe stehengeblieben und habe die ersten drei Verkäufe, das Stück zu einundzwanzig Mark, miterlebt, nie zuvor sind mir die Mechanismen der freien Marktwirtschaft so transparent geworden, und wenig später, in der Peep-Show, habe ich auch die Aussage, Zeit sei Geld, so anschaulich wie nie zuvor bestätigt bekommen. Ich bin ja vorher nie in einer Peep-Show gewesen und habe mich nicht sofort zurechtgefunden, auch nicht begriffen, warum hier ein Angestellter unablässig mit dem Schrubber unterwegs war, eine Weile lang bin ich unschlüssig vor den teils besetzten, teils freien Kabinen gestanden und habe mir vorgestellt, wie es wäre, wenn aus einer der Kabinen plötzlich mein Vorgesetzter, der Chef des Baudepartements, treten würde, es hätte mich, glaube ich, weniger verstört, als mich der Liliputaner verstört hat, der im gleichen Moment, in dem ich an den Baudirektor gedacht habe, mit glühenden Augen aus einer Kabine gekommen ist und vor der Kabine seinen Reißverschluß in Ordnung gebracht hat.

Schnurrend ist das Vorhänglein hochgegangen, nachdem ich ein Einmarkstück in den Münzschlitz gesteckt habe, und durch das Glasfenster habe ich die langsam kreisende Rundbühne gesehen, in deren Mitte sich, auf einem Leopardenfell, eine nackte Frau geräkelt hat. Nach sechzig Sekunden, noch ehe ich mich von meiner Betäubung erholt hatte, die einerseits daher rührte, daß hier am hellen Tag und mitten in einer von angezogenen Menschen wimmelnden Stadt plötzlich eine nackte Frau vor mir lag, andrerseits wohl daher, daß diese Frau rasiert war, was ich noch nie gesehen hatte und was mich, offen gestanden, sofort begreifen ließ, warum das Schamhaar Schamhaar heißt und eine sinnvolle Einrichtung ist, nach sechzig Sekunden also hat sich das Vorhänglein wieder gesenkt, und ich habe ausgerechnet, daß der Blick auf die Frau pro Sekunde einzweidrittel Pfennige kostete. Dann habe ich ein Zweimarkstück eingeworfen und mir eine Zigarette angezündet, die Frau ist aufgestanden und zu jedem der kreisförmig um die Bühne herum angeordneten Kabinenfenster gegangen, vor jedem hat sie sich ein bißchen aufreizend bewegt und so getan, als sei die Wollust der Kabinenmänner ganz die ihrige, ich habe, noch bevor der Vorhang erneut heruntergegangen ist, die Zelle und das Etablissement verlassen und irgendwo einen Kaffee getrunken, ich habe mich verhöhnt und erniedrigt gefühlt, liliputanisch habe ich mich gefühlt, und das übliche Gerede von der Unterlegenheit der Frau, von ihrer Unterdrückung und Benachteiligung, ist mir lügenhaft vorgekommen, wer ist denn hier zu bedauern, habe ich mich gefragt, das freiwillig enthüllte und seine Reize hochbewußt ausspielende Weib oder die Männchen, die mit brennenden Augen und ausgetrocknetem Mund hinter Glas stehen, Mark für Mark einwerfend, nur um ein Wesen betrachten zu dürfen, das ein paar andere Merkmale hat als sie selbst oder als ihre Frau und das sich mit seiner imitatorischen Geilheit über die authentische Gier lustig macht, die in vereinzelten Kabinen so zu lodern scheint, daß ein Schrubber unumgänglich wird. Ich habe mich, Kaffee trinkend, für alle bedürftigen, das heißt abhängigen, das heißt für hündisches Verhalten anfälligen Männer geschämt und ihre Ausbeutung und Demütigung durch die Frauen verwerflich gefunden, und ich habe erwogen, ob die Institution der Peep-Show nicht eine Wahrheit über das Verhältnis der Geschlechter widerspiegle und sichtbar mache, die für gewöhnlich sowohl vom Gewicht des scheinbar Offenkundigen und Augenscheinlichen als auch von Frauenbücherbergen erdrückt zu werden droht. Leider habe ich nie eine Frau getroffen, mit der ich über dieses Thema ruhig hätte sprechen können, auch mit Regina konnte ich es nicht, es ist, als ob die Frauen nur an den Erscheinungsformen der männlichen Macht interessiert wären, nicht an den Hintergründen, Untergründen, nicht am Gefühl der Ohnmacht, das sich gern umlügt in sein Gegenteil. Sie gähnen nur, die Frauen, wenn wir die Glasscheibe oder Kontaktschranke erwähnen, sie wollen gar nichts hören von der Begehrlichkeit, die uns um alle Würde bringen kann, denn ihre eigene Begehrlichkeit ist ziemlich stumm und wie verschleiert und überdies verwöhnt, sie müssen nur ein wenig strahlen und haben sofort, was sie wollen.

Ich kann mich nicht so recht verständlich machen, ich merke es, entschuldige, auch habe ich zur Zeit und bis auf weiteres sehr andere Sorgen und bin ja zudem, was freilich auch verdaut sein will, einstweilen jenseits, weil da ist nichts mehr schön durchblutet, ich lebe, konfidentiell gesagt, schwellunfähig, selbst ausgeprägte Hirn- und Rückenmarkimpulse bleiben folgenlos, ich möchte trotzdem überleben und allenfalls aufleben irgendwann, sonst hätte ich kein schiefergraues Seidenhemd gesucht, sonst hätte ich das medizinische Projekt, das man mir vor sechs Wochen unterbreitet hat, verworfen.

Weil ich das gewünschte Hemd nicht gefunden habe, habe ich mir eine schwarze Kordhose mit zwei geräumigen Hosentaschen gekauft. Beim Anprobieren habe ich festgestellt, daß ich jetzt bereits eine zwei Nummern kleinere Hosengröße brauche als früher. Ich bin mit dem Taxi heimgefahren und habe mich etwas hingelegt, aber um elf Uhr ist Dümperli zu einer Besprechung gekommen. Es ist um die Entkernung eines Fachwerkhauses gegangen, und anscheinend hatten ihn Architekt und

Bauherr bei einem Biergespräch über Eishockey nebenbei von der Notwendigkeit der Entkernung zu überzeugen versucht und zu überzeugen vermocht. Ich habe Dümperli daran erinnern müssen, daß er um die nervenaufreibenden Kämpfe mit diesen Leuten, die jede Bauverzögerung und jede teurere Variante als ihren Ruin bezeichnen, nicht herumkomme, wenn er sein Amt als Anwalt und Pflichtverteidiger von Denkmälern ernstnehme. Das Haus, habe ich gesagt, wird nicht entkernt, bleiben Sie standhaft, drohen Sie mit Subventionsentzug, wehren Sie sich mit mir zusammen gegen den schleichenden Substanzverlust. Dümperli hat stark transpiriert und sich am Schnäuzchen gezupft und von ruinösem Fugenstrichmauerwerk geredet, von Kehlbalkenwurmbefall, wie üblich ist mir das Mißverhältnis zwischen seiner Stimmkraft und dem bescheidenen Gewicht seiner Worte aufgefallen, laut Zimmermann, hat er gemeint, sei nichts mehr zu retten. Fast hätte ich gefragt, ob er, Dümperli, bestochen worden sei, aber ich bin sachlich geblieben, habe ihn nur, was er natürlich wußte, darauf hingewiesen, daß der Zimmermann im Sold des Bauherrn stehe, und ihn beauftragt, sich unverzüglich mit dem Holzbautechniker Stoll sowie mit dem zuständigen Experten der Eidgenössischen Fachkommission in Verbindung zu setzen. Fast herausfordernd hat Dümperli von Stuhl zu Stuhl geschaut, und natürlich habe ich gemerkt, was er gedacht hat. Der Hatt, hat er gedacht, füllt seine Stube mit alten und modernen Stühlen und tut gleichzeitig so, als sei ein Neubau, bekleidet mit einer alten Fachwerkfassade, das größte Stilverbrechen. Es ist mir zu blöd gewesen, Dümperli auf seinen Denkfehler hinzuweisen. Wenn er nicht merkt, daß sich zwei eigenständige ästhetische Objekte aus unterschiedlichen Epochen sehr wohl vertragen und daß dies ein anderer Fall ist, als wenn ein und dasselbe Objekt stilistisch bastardiert und temporal gepanscht wird, dann soll er Sportberichterstatter werden. Ich bin aufgestanden und habe die Sitzung für beendet erklärt. Unter Hinterlassung einer mächtigen Schweißfahne ist Dümperli gegangen, und obwohl ich mir sogleich Sauerstoff zugeführt habe, bin ich sehr erschöpft gewesen und habe befürchtet, dich heute enttäuschen zu müssen.

6

Wahrscheinlich durch die Sirene des Ambulanzfahrzeugs aus der Ohnmacht geweckt, schlug ich die Augen auf und sah als erstes Grünbergs Vogelkäfig, dann seine bloßen Knie und daneben ein Paar weiße Hosenbeine. Ich lag unter einer Wolldecke, die mich am Hals juckte. Ich drehte den seitlich gelagerten Kopf und sah schräg über mir eine stark baumelnde Infusionsflasche. Grünberg und der Arzt oder Pfleger sprachen mich gleichzeitig an. Ich sagte, daß es mir recht gehe und daß der Fahrer nicht so rasen solle. Ich wußte sofort, wo ich mich befand und was geschehen war, ich hatte keinerlei Erinnerungslücke.

Wir waren nach dem Mittagessen zum Bardo-Museum gefahren, und da der phantastische Palast, der das Museum beherbergt, in einem ausgedehnten Park liegt, der für Fahrzeuge gesperrt ist, mußten wir den Weg zu Fuß gehen, was mich über die Maßen anstrengte. Grünberg hatte wieder den Wunsch geäußert, von mir geführt zu werden. Wir warteten im Eingangskorridor, die phönizischen Sarkophage betrachtend, und als unsere Gruppe im ersten Saal rechts verschwand, begaben wir uns in den ersten Saal links, in dessen Mitte ein frühchristliches Taufbecken steht. Ich sagte stockend und mühsam, als hätte ich plötzlich mein Englisch verloren, ein paar Worte dazu, ich fühlte mich bleiern, dann standen wir vor einem ebenfalls frühchristlichen Wandmosaik, einer Darstellung Daniels in der Löwengrube, aus großer Ferne hörte ich Grünberg noch fragen, ob es sich hier um ein biblisches Motiv handle, da kreiste alles, ich verließ mich, ich versank.

Grünberg und der einheimische Arzt oder Pfleger schauten mich ernst und aufmerksam an, ich wollte mich aufsetzen und etwas Scherzhaftes sagen, merkte aber, daß ich mit Riemen an der Tragbahre befestigt war. Ich fragte den Arzt oder Pfleger, wohin die Fahrt gehe, er sagte nur: Hôpital Charles Nicolle. Ich fragte, was sich in der Infusionsflasche befinde, er sagte: Un fortifiant. Dies nahm ich befriedigt zur Kenntnis. Grünberg informierte mich über meinen Zusammenbruch, ich hatte Mühe, ihn im Getöse des Verkehrs zu verstehen, und ich verfiel in einen Halbschlaf. Mit der diesem Zustand eigentümlichen Sinnesempfindlichkeit hörte ich alle Geräusche und Stimmen, merkte wenig später auch, wie ich ausgeladen, von der Bahre gehoben und in ein Bett gelegt wurde, erwachte aber erst vollständig, als mich jemand kräftig am Oberarm packte und Grüezi sagte. Es konnte nur zwei Möglichkeiten geben: entweder war das heimatliche Grußwort noch ein Halbtraumbestandteil, oder ich hatte eine arabische Äußerung phonetisch mißhört. Ich starrte den Mann, der neben dem Bett stand, an, dunkler Teint, dunkle Augen, buschige Brauen, weißer Kittel, umgehängtes Stethoskop, und der Mann streckte mir die Hand hin und sagte glasklar Grüezi. Es ist merkwürdig, vielleicht auch ein wenig beschämend, wie dieses eine Wort mich belebte, wie es sich in meiner Seele sofort verknüpfte mit der Vorstellung von Qualität, mit Gefühlen des Aufgehoben- und Gerettetseins. Der Arzt, erfreut über die Wirkung seines Grußes, gab sich aber noch nicht zufrieden, sondern sagte, als wolle er mir restlos klarmachen, daß ich in besten Händen sei: Chuchichäschtli. — Ich lächelte höflich. Er konnte nicht ahnen, daß er mit diesem läppischen helvetischen Küchenkästlein, vor dem man in keinem Weltwinkel mehr sicher ist, mein ganzes Vertrauen wieder zerstörte. Auch waren jetzt, wie es sich zeigte, sowohl die Dialekt- als auch die Deutschkenntnisse des Arztes erschöpft, so daß das ausführliche anamnestische Gespräch, in dessen Verlauf ich die Vorgänge des Tages, insbesondere den Ablauf der karthagischen Kolik, so genau wie möglich zu schildern versuchte, auf französisch geführt werden mußte, was insofern etwas unbefriedigend war, als mir ausgerechnet das meiner Meinung nach entscheidende französische Wort für Galle, beziehungsweise Gallenstein, nicht einfiel. Ich versuchte es mit ›pierre de galle‹, worauf Doktor El Kadhi nicht einging. Heute weiß ich, daß Gallenstein ›calcul biliaire‹ heißt und daß ich hätte jubeln können, wenn ich wirklich Gallensteine gehabt hätte und nicht, wie es sich spätabends nach zahlreichen Untersuchungen herausgestellt hat, einen Herzinfarkt.

Grünberg war irgendwann, noch bevor ich den Befund hatte, mit dem Versprechen gegangen, mich wieder zu besuchen und inzwischen mein Hotel in Hammamet zu benachrichtigen, das dann den lokalen Vertreter der Reiseagentur, bei der ich den einwöchigen Urlaub gebucht hatte, informieren würde. Da ich zu diesem Zeitpunkt noch damit gerechnet hatte, vielleicht gleichentags, spätestens aber am anderen Morgen entlassen zu werden, waren mir Grünbergs Aktivitäten etwas übertrieben vorgekommen. Nun kannte ich den Befund, nun lag ich, zusammen mit fünf Tunesiern, in einem nicht sehr reinlichen und von hemmungslosen Darmwinden durchwobenen Zimmer — an Lüftung schien niemand zu denken —, aber Doktor El Kadhis Diagnose samt seiner wiederholten Feststellung, daß ich gut und gerne tot sein könnte, wollten mir nicht in den Kopf. Ein Irrtum schien wahrscheinlich. Erstens war mein Herz nie aus dem Rahmen gefallen, zweitens befand ich mich in einem Schwellenland, das, so sagte ich mir, zweifellos auch in medizinischer Hinsicht mit Anschlußproblemen zu ringen hatte. Diese Überlegung machte mich besorgt. Wenn nämlich die Diagnose falsch war, dann wurde ich auch falsch behandelt, was unter Umständen gefährlich sein konnte. Wenn sie hingegen wirklich stimmte, mein Zustand also ernst war, dann konnten mir die eingeschränkten klinischen Behandlungsmöglichkeiten — und dazu zählte ich bereits den Umstand, daß ich nicht auf einer Intensivstation betreut wurde — erst recht gefährlich werden. Ich saß in der Falle, so oder so.

Später kam die Nachtschwester mit Grünbergs Vogelkäfig und fragte, ob der Käfig zufällig mir gehöre, er habe draußen im Gang gestanden. Sie solle ihn unters Bett stellen, sagte ich, er gehöre meinem Freund und Begleiter, der ihn offenbar vergessen habe, der aber wiederkomme. Während die Schwester Infusionsbehälter und Infusionsbesteck vorbereitete, plauderte sie mit meinem Bettnachbarn. Sie schien ihn, der vorher lange auf mich eingeredet hatte, ohne daß ich auch nur die Sprache erraten konnte, die er benutzte, problemlos zu verstehen, gleichzeitig sprach sie mit mir, sie sagte auf französisch, ich hätte unsichtbare Venen und müsse ein paarmal die Faust machen. Nachdem sie eine geeignete Ader gefunden hatte, und zwar am rechten Unterarm — der linke schmerzte mich im Bereich der nachmittäglichen Einstichstelle —, legte sie den Stauschlauch an, desinfizierte die Haut, führte die Injektionskanüle nach zwei vergeblichen Anläufen in die Vene ein und verband die Kanüle mit dem Infusionsbesteck. Dann widmete sie sich für ein Weilchen einem Mitpatienten, der nach ihr verlangt hatte, erinnerte sich plötzlich an meinen Stauschlauch, kam und öffnete ihn, ging wieder, kam zurück, als ich rief, daß die Sache nicht tropfe, entschuldigte sich, öffnete die Klemme am Infusionsschlauch und wünschte eine gute Nacht. Nach zwei Minuten sah ich, wie sich über der Stelle, wo die Kanüle lag, ein Hügel zu bilden begann, und als er nahezu aprikosengroß war, klingelte ich der Schwester, die nach weiteren zwei Minuten erschien und auf meine Frage, was der Hügel zu bedeuten habe, erklärte, die Infusion laufe anscheinend paravenös, das heiße ins umliegende Gewebe statt in die Vene, dabei hätte sie schwören können, die Vene getroffen zu haben, sie müsse die Infusion entfernen und wolle sie am anderen Arm neu stekken. Ich schaute ihr nicht zu, während sie es tat, ich lag mit geschlossenen Augen und nahm mir vor, so bald und so nachdrücklich wie möglich meine Heimschaffung zu betreiben, vorausgesetzt, daß ich die Nacht überlebte. Eine zunehmende Mattigkeit dämpfte meine Sorgen, und noch bevor die Nachtschwester ihre Manipulationen beendet hatte, war mir alles auf weiche und trotzlose Weise einerlei.

Die Mattigkeit dauerte auch am folgenden Tag an, schwächte meine Durchsetzungskraft und erlaubte kein wirklich bestimmtes oder gar unerbittliches Auftreten Doktor El Kadhi gegenüber. Zuerst lachte er mich aus, als ich ihm meine Absicht bekanntgab, mich bei nächster Gelegenheit, allenfalls durch die Schweizerische Rettungsflugwacht, ausfliegen zu lassen. Ich sei, behauptete er, gar nicht transportfähig und selbst bei günstigem Verlauf noch mindestens vier Tage lang in akuter Lebensgefahr. Meine Unvernunft zwinge ihn leider zu dieser an sich brutalen Mitteilung. Als Doktor El Kadhi merkte, daß ich meinen Wunsch trotz seiner Drohung nicht aufgab, tat er gekränkt und war es wahrscheinlich auch, ich hatte seinen Stolz verletzt, mein Wunsch bewies mangelndes Vertrauen in ihn persönlich und in die gesamte einheimische Medizin. Ich versuchte ihn, da ich kein Interesse daran hatte, von einem grollenden Arzt nachlässig behandelt zu werden, zu besänftigen, indem ich von der Sehnsucht nach meiner Frau und meinen drei Kindern sprach, mit denen ich so bald wie möglich wieder vereinigt sein wolle; dies sei der Grund meiner Ungeduld, nicht Zweifel an seiner ärztlichen Kunst. Doktor El Kadhis Augen bewiesen, wie sehr meine Worte seinem orientalischen Herzen einleuchteten, Achtung, Wärme und Verständnis drückten sie aus, ich schämte mich für meine Lüge, und Doktor El Kadhi fragte, ob ich ein Foto meiner Familie bei mir hätte. Ich zeigte auf den Schrank, in den die Schwester meine Jacke samt Brieftasche gehängt hatte. Leider, sagte ich, sähe man auf dem Bild nur Frau und Sohn, nicht aber die zwei Töchter. Das sei die Hauptsache, sagte der Arzt und holte die Brieftasche eigenhändig. Ich zeigte ihm das verknitterte und verzitterte Foto, doch förmlich verschlang er Regina, nannte sie schön und blond, was ich bestätigte, nannte Hans einen ›gaillard superbe‹ und setzte das Bild unter den Zimmergenossen in Umlauf. Dann anerbot er sich, meine Frau telefonisch zu benachrichtigen und zu beruhigen, und war enttäuscht, als ich sagte, dies sei durch meinen Freund bereits geschehen. Auf jeden Fall, sagte Doktor El Kadhi abschließend, verspreche er, alles zu tun, was meine Wiederherstellung beschleunige, um mir eine baldige Heimkehr zu ermöglichen. Zum Glück handle es sich ja, das EKG beweise es, bei meinem Herzinfarkt um einen sogenannten unkomplizierten Herzinfarkt, also um den Verschluß einer kleineren Koronararterie im unteren Verlaufsteil der Gefäße mit entsprechend kleinerem Infarktbezirk, Näheres gern ein andermal, das Wichtigste sei Bettruhe, übrigens habe er zwei Semester lang in der

Schweiz studiert, in Lausanne, sein bester Freund sei ein Deutschschweizer namens Köbi gewesen, ob ich Lausanne kenne. Ich sagte erfreut und wahrheitsgemäß, daß auch ich ein Jahr lang in Lausanne studiert hätte, allerdings nicht Medizin, sondern Baugeschichte. Rasch stellte sich zwischen Doktor El Kadhi und mir jenes schwer zu beschreibende und fast verschwörerische Zusammengehörigkeitsgefühl ein, das nicht nur zwischen den Mitgliedern des Adels oder der Mafia, sondern eben auch zwischen Akademikern zu beobachten ist, und am Nachmittag lag ich bereits in einem sauberen Zweierzimmer, was mir umso willkommener war, als ich gegen die fünf vorherigen Kumpanen die feindlichsten Gefühle entwickelt hatte, denn einer von ihnen, ich wußte natürlich nicht welcher und mußte also jeden verdächtigen, hatte, während ich mit Doktor El Kadhi sprach, mein Foto verschwinden lassen. Auch wenn ich annehmen durfte, daß dies nicht in der Absicht geschehen war, mich zu ärgern, sondern aus der Gier eines einzelnen heraus, die schöne und blonde Regina in seinen Besitz zu bringen, fühlte ich Zorn und Verbitterung, und obwohl ich das Bild selten angeschaut hatte, schien es mir jetzt, als geraubtes, so wertvoll wie nie.

Wenigstens war es nun still um mich herum, die wahre Bettruhe gewährleistet. Ein Zwiegespräch mit dem Japaner, der mir gegenüberlag und dem man, wie Doktor El Kadhi erläutert hatte, die abgebissene Zunge mit ungewisser Erfolgsaussicht wieder angenäht habe, war glücklicherweise nicht möglich, ich konnte ungestört über alles nachdenken. Dazu fehlte es mir allerdings an der nötigen Wachheit, und so war mein Entschluß, mich kampflos zu ergeben und liegenzubleiben, solange es mir befohlen wurde, weniger das Ergebnis einer scharfen Analyse als der Abspannung. Zwar zweifelte ich nach Doktor El Kadhis medizinischen Ausführungen nicht mehr daran, daß ich einen Herzinfarkt erlitten hatte, aber in meiner Heimat, sagte ich mir, würde man wahrscheinlich auch nichts anderes tun können, als mir strikte Bettruhe und gerinnungshemmende Medikamente zu verordnen. Ich lag ja jetzt in einem netten Zimmer und durfte unzweifelhaft mit der Vorzugsbehandlung durch einen Arzt rechnen, der sogar eine Schweizer Universität besucht hatte. In diesem Zusammenhang erinnerte ich mich allerdings an einen tunesischen Archäologiestudenten, der in Zürich eine Zeitlang mein Zimmernachbar gewesen war und sich nach der ersten Vorlesung des Semesters das Anfangstestat, nach der letzten das Schlußtestat geholt hatte, dazwischen aber ständig auf der Pirsch war. Mit dem Neid des Fleißigen und Braven pflegte ich entweder den Schilderungen seiner wahnwitzigen Abenteuer oder aber, sofern sie in seinem Zimmer stattfanden, den Geräuschen, die mit ihnen verbunden waren, zu lauschen. Übrigens ist er später ein offenbar tüchtiger Unterwasserarchäologe geworden, jedenfalls bin ich seinem Namen einmal in einer Fachzeitschrift begegnet, in einem Aufsatz über die submarinen Funde von Mahdia. Wie auch immer, meine Erinnerung an dieses eine Beispiel mangelnden Studieneifers gab mir gewiß nicht das Recht, Doktor El Kadhis Qualifikation in Frage zu stellen, und je müder ich wurde, desto zuversichtlicher schätzte ich meine Lage ein. Ich hatte, ehe ich einschlief, sogar noch die Kraft, zwei Telegrammtexte zu entwerfen. Im einen informierte ich das Amt für Denkmalpflege, daß ich meine Arbeit wegen Erkrankung im Ausland bis auf weiteres nicht aufnehmen könne, im anderen teilte ich meiner Schwester mit, daß ich nach einem Herzinfarkt im Hôpital Charles Nicolle, Boulevard du 9 avril, Tunis, liege und über dem Berg sei. Da ich mir immer eingebildet habe, meine Schwester halte mich für einen etwas faden Bruder und Beamten — sie selbst ist eine temperamentvolle, farbige Frau —, verfaßte ich diese Botschaft nicht ohne Genugtuung, nicht ohne das feierlich-stolze Gefühl, das Kinder haben, wenn ihnen ein Milchzahn wackelt. Die Behauptung, ich sei über dem Berg, fügte ich hinzu, weil ich selbst davon überzeugt war und weil ich verhindern wollte, daß sich meine alte Mutter, alarmiert durch die Schwester, womöglich ins nächste Flugzeug setzte, um sich persönlich um mein Los zu kümmern. Irgendwann, so fand und finde ich, müssen die Mütter ihre Söhne abschütteln und meinetwegen in den Untergang entlassen, damit die Söhne weder träge Säuger bleiben noch stramme Herren werden, die ihre Babyseele mit hypermaskulinem Putz verkleiden müssen. Die Söhne sollen sich verjagen lassen, gefaßt, versöhnlich im Wortsinn.

Um ehrlich zu sein: Diese Auffassung ist immer die Auffassung Reginas gewesen, eigentlich habe ich sie nur übernommen, weil sie plausibel scheint, und aus dem gleichen Grund habe ich sie mir nicht wirklich aneignen können, ich vertrete sie linkshändig, ich merke, daß ich mit zunehmendem Alter nicht nur plausible Meinungen, sondern Meinungen überhaupt nur noch mit Unbehagen hören und selber äußern kann, was mich nicht davor schützt, beides fortwährend zu tun. Mein Vorbild wäre ein Mensch, der, ohne ein Lump oder Hohlkopf zu sein, seine Meinungen spielerisch aus sich herauspurzeln läßt, ein Mensch, der so gefestigt ist, daß er angstfrei von Standpunkt zu Standpunkt hüpfen kann, verstehst du, dieser Mensch ruht in sich wie jeder echte Hüpfer, und weil er in sich ruht, wagt er Bewegung, verstehst du, wo aber, wo um Himmels willen soll der verwirrte Durchschnittsmensch, der alle Hände voll zu tun hat, um sich einzurüsten, damit er nicht in Stücke fällt, wo, frage ich, soll er den Mut zur Irritation hernehmen, die Kühnheit, am Stabilsten, das heißt an seinen Einstellungen, Auffassungen und so fort zu rütteln und sich Beweglichkeit zu leisten? Ich frage anders: Wer ist so stark, so sicher und erfahrungswillig, daß er sich selbst und seine Sätze und damit alle Erdendinge aufs springlebendigste relativieren kann? Ich nicht, Regina nicht, noch immer sind zu viele meiner Sätze zu wenig zart, und unter ›zart‹ verstehe ich zerbrechlich, ich preise jeden Tag, an dem es mir gelingt, auf bullige Verlautbarungen zu verzichten; früher, als ich noch regen Umgang pflegte und meine durch Rotwein aufgeputschte Schwatzerei irrtümlich als Zeichen der Gesellschaftsfähigkeit begriff, gelang es selten oder nie. Und auch Reginas Äußerungen, gestochen scharf in ihrer Diktion, sind mir bisweilen wie Gitterstäbe eines Raubtierkäfigs vorgekommen, aber du wirst von mir kein böses Wort über Regina vernehmen, Reginas Auffassung über die im Fruchtwassertümpel japsenden Männer muß wohl als etwas überspitzt bezeichnet werden, wie üblich wird ein wenig Eifersucht im Spiel gewesen sein, meine Mutterkontakte hat Regina als zu häufig empfunden, ohne es anders als mit Mienenspiel zu äußern, und die wollene Jacke, die mir meine Mutter gestrickt hat, hat Regina versehentlich sechziggrädig gewaschen und anschließend einem Kinderhilfswerk zukommen lassen. Umgekehrt hat meine Mutter einmal zu meiner Schwester gesagt, sie glaube, daß Regina mir zu wenig Wärme gebe, die Mutter hat sich wahrscheinlich nicht vorstellen können, daß eine kluge, unabhängige und obendrein noch hochdeutsch sprechende Frau auch eine warme Frau sein kann, sie hat sich auch eingebildet, Regina ernähre mich und Hans unzulänglich, Hans hat in der Tat eine auffallend blasse Haut gehabt, und meine Mutter hat Regina so oft Spinat empfohlen, bis kein Spinat mehr auf den Tisch gekommen ist, das sind nun wirklich Frauensachen.

Die Wahrheit ist, daß unsere Ehe etwas Wechselfieberhaftes hatte. Ich wußte nie, was ich für gültig halten sollte: ich bin von der Arbeit nach Hause gekommen und mit einer Wärme und Freude empfangen worden, die sonst nur ein lang und schmerzlich entbehrter Gatte oder Geliebter erfährt; ich bin nach Hause gekommen, und eine fast stumme Frau hat mich mit unbegreiflicher Kälte flüchtig begrüßt. In der ersten Zeit ist dieses Doppelverhalten eine schwere Belastung für mich gewesen, fast nie habe ich mich unserem Vorstadthaus gelöst und ohne Bangnis nähern können. Anfangs habe ich, wenn Nordwind war, gefragt, was los sei, was sie verstimme, was ich verbrochen hätte und so weiter, aber ich habe es nie erfahren, es gab keinen Grund, jedenfalls keine Begründung, später habe ich das Fragen aufgegeben und mich abwesend mit Hans beschäftigt, ihn auch an mich gedrückt, um mich fühlen zu lassen, daß sich nicht alles von mir entfernt hatte, noch später habe ich auch das nicht mehr tun können und bin, selbst erkaltend und von Verstummungswünschen getrieben, sofort ins Arbeitszimmer gegangen. Oft ist schon beim Abendessen alles wieder vollkommen normal gewesen, lebhaft, herzlich, vergnügt, aber der Spuk hat trotzdem jedesmal Schatten geworfen, auch auf die Nacht, die ihm folgte, meine Umarmungen haben dann etwas Zwanghaftes gehabt, etwas verzweifelt Pantomimisches, es sind Kopien wirklicher Umarmungen gewesen, und den Seufzern Reginas habe ich nicht getraut und auch sie als Zitate empfunden.

Wovon redest du? hat Regina gefragt, wenn ich — nur selten, nur im ersten Jahr — eine harmonische Stunde nutzen wollte, um ihr Verhalten und meine Verunsicherung zur Sprache zu bringen.

Wovon redest du, hat sie gefragt, und entweder ist ihr das Problem nicht bewußt gewesen, oder sie hat aus irgendeinem Grund nicht darüber sprechen können, auch hier bin ich im dunkeln geblieben; wie beruhigt hätte ich mich gesehen, wenn es mir gelungen wäre, das Ganze abzutun mit dem alles erklärenden, alles zusammenfassenden Wort: Weiberlaunen. Damit hätte ich umgehen können, aber Regina ist nicht launisch gewesen. Wäre sie launisch gewesen, so wäre sie faßbar gewesen, Regina war unfaßbar, und das ist quälender.

Ich werfe ihr nichts vor, ich werfe mir zu wenig Langmut vor, vielleicht hat meine Liebe zu früh haltgemacht, vielleicht hat ihr gerade das Entscheidende gefehlt: sanftes Durchdringungsvermögen, Kraft zur Entschlüsselung, ich weiß es nicht, ich weiß nicht einmal, ob es die Aufgabe der Liebe ist, Erkenntnis zu gewinnen und Schleier zu lüften, oder ob sie vielmehr die Aufgabe hat, uns die Unerforschlichkeit ihres Gegenstandes aushalten oder vergessen zu lassen. Wie auch immer, ich habe vieles falsch gemacht, ich habe mich zum Beispiel — dies ist vielleicht der größte Fehler gewesen — beruflich so verausgabt, daß ich mich in der freien Zeit kaum noch entspannen konnte, oft bin ich hohl und dumm herumgesessen, habe die Zeitung gelesen und nicht immer aufmerksam genug zugehört, wenn mir Regina einen Traum erzählte. Bisweilen habe ich gemerkt, daß ich mit Hans auf gleiche Weise sprach wie mit dem Nachbarshund.

Gegen Abend kam Grünberg.

7

Frau Guhl fällt ein paar Tage aus, ich esse Brot und Karotten. Wenn du mein Sauerstoffgerät vom Schlaf- ins Wartezimmer rollen würdest — zwei Schwellen sind zu überwinden —, so wäre ich froh und könnte Kräfte sparen. Käsig ist Frau Guhls Gesicht gewesen, gestern, sie hat gezittert, beide Hände sind verbunden gewesen, einbandagiert, Frau Guhl hat sich auf jenen Sessel dort gesetzt, ihn meide ich als einzigen, die Vorstellung, ihn eines Tages zweckentsprechend zu benutzen, läßt mich schwitzen, ich habe ihn natürlich nicht seines Zweckes wegen angeschafft, mich hat beeindruckt, wie seine Form die Funktion diskret, ja fast charmant bemäntelt. Der Kenner freilich weiß Bescheid, wenn er den kastenartigen, massiven Unterbau sowie das Türchen an dessen Vorderseite sieht, richtig, die Sitzfläche ist aufklappbar, und unter ihr siehst du ein Brett mit kreisrund ausgesägter Öffnung, in die der Emaildeckel der Emailschüssel paßt, die sich im Unterbau verbirgt — auf diesen Sessel, auf diesen Kirschbaumholzstuhl, auch Nachtstuhl, Notdurft-, Kranken- oder Zimmerklosettstuhl genannt, hat sich Frau Guhl gesetzt, ich habe gesehen, daß Tränen auf ihre behäbigen Halbschuhe gefallen sind. Ari sei tot. Und der Motorradfahrer schwerverletzt. Nur schnell habe sie ihn, Ari, von der Leine gelassen, weil er sich an der Leine nur mit Widerborstigkeit versäubere; beseligt, aber unachtsam sei er um die Hausecke herum direkt auf die Durchgangsstraße gesprungen, da habe sie ein Getöse gehört, ein Scherbeln und Jaulen, und als sie hinter dem Haus hervorgerannt sei, habe sie mitten auf der Straße ein rauchendes Motorrad liegen sehn, zehn Meter weiter vorn den Fahrer, am Straßenrand den Hund, winselnd, verkrümmt. Sie schäme sich zu sagen, daß sie sekundenlang nicht gewußt habe, ob sie zu Ari oder zum Motorradfahrer laufen solle, dann sei sie aber, gleichzeitig mit Frau Rafz, der Nachbarin, die den Unfallhergang beobachtet und später der Polizei geschildert habe, mit weichen Knien zum Motorradfahrer gegangen, und eine seiner behandschuhten Hände habe sich rhythmisch bewegt, der Körper sei reglos gewesen. Gemeinsam hätten sie dem Mann den Helm abgenommen, der Mann habe aus der Nase geblutet und den Mund bewegt, aber er habe nicht sprechen können und nicht einmal geröchelt. Rasch seien andere Leute herbeigeeilt, jemand habe die Polizei alarmiert, zwei Männer hätten den Verletzten an den Straßenrand getragen und vorschriftsmäßig gelagert. Mit einem Auge habe sie immer zu Ari geschaut und gesehen, daß er mehrmals aufzustehen versucht habe, aber jedesmal wieder hingefallen sei. Sie schäme sich zu sagen, daß dieser Anblick sie stärker bewegt habe als der Anblick des Motorradfahrers, ihr Mitleid sei fast ein wenig abgeprallt an seiner schwarzledernen Montur. Aber was hätten die Leute, was hätten ihre Nachbarn denken müssen, wenn ausgerechnet sie als die Schuldige aus dem Kreis, der sich um den Verletzten gebildet habe, herausgetreten wäre, um sich um ihren Hund, den zweiten Schuldigen, zu kümmern? Nach etwa zehn Minuten sei die Polizei-Ambulanz eingetroffen und mit dem Opfer sofort wieder abgefahren, einen Beamten habe man zwecks Befragung der Zeugen zurückgelassen, sie selbst als Besitzerin des Unfallverursachers habe ihre Personalien angeben müssen, während Frau Rafz zu Protokoll gegeben habe, daß der Motorradfahrer mit Sicherheit weit schneller als erlaubt durch das Quartier gefahren sei. Mit einem Schwenker nach links habe er dem unvermittelt vor seinem Motorrad auftauchenden Hund noch ausweichen wollen, sei aber trotzdem mit ihm und gleich darauf mit dem Beleuchtungskandelaber am linken Straßenrand kollidiert und schwer gestürzt. Der Polizist habe alles notiert, habe ein paar Fotos vom Schauplatz gemacht und das Motorrad, nachdem er dessen Lage mit Kreide markiert habe, zusammen mit einem Helfer zur Grasböschung geschleppt. Nun erst habe sie sich Ari zuwenden können, seinen Blick vergesse sie nie, sein kindhaftes Wimmern bleibe im Ohr. Er habe nicht mehr aufzustehen versucht, und ihr seien, als sie sein vibrierendes Fell gestreichelt habe, die seltsam verformten Vorderbeine aufgefallen. Das Angebot der Nachbarin, Ari mit ihrem Wagen zum Tierarzt zu fahren, habe sie dankbar angenommen, die Nachbarin sei vorgefahren, habe die hintere Wagentür geöffnet und eine Decke auf die Sitzbank gelegt, während sie selbst ihren Spaniel, der ja nicht schwer gewesen sei, aufgehoben habe, worauf das

Unfaßliche geschehen sei. Ari habe aufgeheult und sie in beide Hände gebissen. Fünf Lebensjahre lang habe das gutartige Tier keinen Menschen gebissen, nach keinem auch nur geschnappt, selbst einen Einbrecher hätte Ari wahrscheinlich wedelnd empfangen, und nun das. Stellen Sie sich vor, Herr Hatt, das mir liebste Wesen beißt mich. Der Schmerz muß es besinnungslos gemacht haben, wie dürfte ich ihm zürnen? Notdürftig hat mir Frau Rafz die Hände verbunden, hat Ari dann die Schnauze zugehalten und ihn ins Auto gelegt, ist zuerst zu meinem Hausarzt gefahren, der die Bißwunden als eher harmlos bezeichnet hat, dann zum Tierarzt. Die Vorderbeine, hat er gesagt, seien mehrfach gebrochen, ja zertrümmert, wir tun ihm einen Dienst, wenn wir ihn einschläfern. Ist keine Rettung möglich? habe ich gefragt, und der Tierarzt hat geantwortet, daß Ari nie mehr gehen können würde. So habe ich Abschied genommen.

Frau Guhl hat eine Weile lang geweint. Ich habe mich sagen hören, daß mir alles sehr leid tue. Meine Gedanken sind weniger bei Frau Guhl als beim Motorradfahrer gewesen, für ihn habe ich eine mir selber ekelhafte, da keineswegs selbstlose Teilnahme empfunden, ich habe mich an die Bemerkung eines Arztes erinnert, mit dem ich über das große Projekt gesprochen habe — es kann der Kardiologe, der Immunologe oder der Chirurg gewesen sein, ich weiß es nicht mehr —, dieser Arzt hat jedenfalls erwähnt, daß für Anwärter meinesgleichen der Frühling eine günstige Zeit sei, weil im Frühling die Motorradsaison wieder beginne. Ich habe ihn verständnislos angeschaut. Es gebe Unfälle, hat er gesagt, es gebe sehr oft schwere epidurale Hämatome oder progressive zerebrale Ödeme bei durchaus robuster Herztätigkeit. Klinikintern nenne man die meist letal verlaufende Angelegenheit ›Morbus Kawasaki‹, ob ich schockiert sei? Ich habe genickt, und statt mit einem Zuwachs an Hoffnung nach Hause zu gehen, was zweifellos der Absicht des Arztes entsprochen hätte, bin ich beschämt und niedergeschlagen nach Hause gegangen und habe mich trotz meiner Situation geweigert, den Frühling plötzlich unter dem aberwitzigsten aller möglichen Gesichtspunkte zu betrachten.

Sie danke Gott, hat Frau Guhl gesagt und ist aufgestanden, daß der junge Mann außer Lebensgefahr sei. Über Aris Tod könne sie hinwegkommen, den Tod des jungen Mannes aber hätte sie bis an ihr Ende nicht verkraftet, und ihre Mitschuld hätte sie erdrückt. Ich habe Frau Guhl zum Bleiben genötigt und mit gespielter Ruhe gefragt, woher sie wisse, daß der Mann, den sie am Anfang ihrer Schilderung als schwerverletzt bezeichnet habe, gerettet sei. Ach ja, hat Frau Guhl gesagt, das habe ich noch gar nicht erzählt, nämlich ein Kranwagen ist gerade dabeigewesen, das demolierte Motorrad aufzuladen, als wir, Frau Rafz und ich, vom Tierarzt zurückgekommen sind, und Frau Rafz hat noch die Nummer des Kontrollschilds des Motorrads ablesen und sich merken können und hat im Index der Motorfahrzeuge nachgeschaut und als Besitzer einen Oschwald Manfred samt Adresse ausgemacht. Im Telefonbuch habe ich einen Oschwald Manfred gefunden, aber erst am Abend — der Unfall geschah morgens um zehn — den Mut gehabt, die Nummer zu wählen. Ein Herr Oschwald hat sich gemeldet, ich bin zuerst sprachlos gewesen, mein Wunschdenken hat mich zu glauben verleitet, der Motorradfahrer sei bereits wieder aus dem Spital entlassen worden, und alles sei gut. Es hat sich dann gleich herausgestellt, daß der Vater des Verunfallten am Apparat war, Oschwald Manfred senior, und freundlich ist er gewesen, hat mir keine Vorwürfe gemacht, hat eher den Sohn und dessen Leichtsinn und mangelnde Vorsicht getadelt, der Sohn sei zwar recht schwer, aber nicht lebensgefährlich verletzt, er habe einen Beckenbruch und eine Gehirnerschütterung erlitten. Mir ist ein Stein vom Herzen gefallen, hat Frau Guhl gesagt, es hätte alles so viel schlimmer kommen können, ich habe neulich eine Fernsehsendung gesehen, im ersten Beitrag ist über Energiesparlampen berichtet worden, im zweiten über Hirnverletzungen, grauenhaft, denn viele Hirnverletzte, so hat ein Fachmann ausgeführt, sind sozusagen tot, obwohl sie leben.

8

Gegen Abend kam Grünberg. Es braucht so wenig, um über das Wesen eines Menschen etwas zu erfahren, und immer hat es mich erstaunt, warum dazu die umständlichsten Mittel und Verfahren eingesetzt werden, warum man die Astrologie bemüht und die Physiognomik, die Körperbauanalyse und die Graphologie, warum man den Leuten Farbpyramiden und Tintenklecksogramme unter die Nase hält und sie ein Männchen oder Bäumchen zeichnen läßt, statt einfach zuzuhören, wie sie an eine Türe klopfen: wie laut, wie schnell, wie oft, womit. Du weißt, bevor du ›herein!‹ rufst, ob ein Widerling Einlaß begehrt, ein herrischer und dominanter Mensch mit Hang zur Selbstvergrößerung, ein dreister, ungehobelter Barbar, der womöglich nicht einmal ein zwischen Grundglied und Mittelglied liegendes Fingergelenk beziehungsweise den dortigen Knöchel benutzt, sondern das untere, vorspringende Ende eines Mittelhandknochens, was dann noch anmaßender tönt als ein gewöhnlicher, kleinfingerseitig ausgeführter und durch Fettgewebe gedämpfter Faustschlag, oder aber du hörst, daß jemand anklopft, der Gefühl hat, der taktvoll und behutsam ist, der sich vielleicht ein wenig scheut und fürchtet, weil er das Wagnis allen Anklopfens fühlt und sich im Unterschied zu plumpen Geistern fragt, ob er nicht allenfalls zur Unzeit klopfe, vielleicht sogar niemals restlos willkommen sei. Gegen Abend also pochte es dreimal sacht und leise an die Tür, Grünberg trat ein, begrüßte mich mit zurückhaltender Herzlichkeit und fragte, während er verlegen einen Strauß mit mir unbekannten Blumen aus dem Zeitungspapier wickelte, nach meinem Befinden. Ich setzte ihn mit knappen Worten ins Bild, er schaute mich wund und flehend an, als sei er selbst der Geschlagene, ich lachte vor Rührung, beruhigte ihn, betonte, daß ich, wahrscheinlich aufgrund diverser Pillen, zwar maßlos schlaff, doch schmerzfrei sei. Grünberg seinerseits berichtete über seine Schwierigkeiten in meinem Hotel; wohl habe man Bedauern über mein Mißgeschick geäußert und noch in seiner Gegenwart, worauf er bestanden habe, mit der Vertreterin des Schweizer Reiseveranstalters telefoniert, die versprochen habe, mich baldmöglichst zu besuchen, aber um meinen Koffer, den er für mich habe packen und mir bringen wollen, da mir gewiß manches fehle, habe er vergeblich gekämpft. Er, Grünberg, sei zwar keineswegs wie ein Dieb oder Schwindler behandelt worden, doch habe ihm die Hotelleitung klargemacht, daß sie ohne meine handschriftliche Einwilligung, versehen mit dem Krankenhausstempel, nicht befugt sei, den Koffer herauszugeben. Er bitte mich also um ein paar Zeilen und werde den Koffer morgen holen, eine Zahnbürste und Zahnpasta habe er bereits gekauft und mitgebracht, die Zahnbürste sei rot, ob mir das recht sei oder ob ich lieber eine andere Farbe hätte. In meiner Schwäche gelang es mir nicht, mich ganz zu beherrschen, rasch fuhr ich mir mit dem Ringfinger über das Jochbein und schrieb dann den Wisch zuhanden des Hotels. Grünberg wollte etwas sagen, stotterte aber erstmals so stark, daß ich ihn nicht verstand, bis ich das Wort ›birdcage‹ herauszuhören glaubte. Offenbar schien es Grünberg unendlich verfehlt, dem Kranken gegenüber ein eigenes Anliegen zu äußern, ich läutete sofort der Schwester und bat sie, den Vogelkäfig, der bei meiner Dislokation vergessen worden war, zu holen. Allein, die Schwester kam mit leeren Händen zurück, der Käfig sei nicht auffindbar. Hätten Grünberg und die Schwester mich nicht zurückgehalten, ich wäre aufgestanden und mit wehendem Hemd ins Zimmer meiner ehemaligen Mitpatienten eingefallen, jeden einzelnen hätte ich notfalls gewürgt.

Kaum war Grünberg gegangen — ich hatte mich nicht getraut, ihn auch noch mit den beiden Telegrammen zu belasten —, nickte ich ein, bis eine Frauenstimme meinen Namen rief. Die örtliche Vertreterin des Reiseunternehmens, bei dem ich meine Ferien gebucht hatte, stand am Bett, ein Fräulein Sonderegger, ich kannte sie bereits, die etwas unterschiedliche Blickrichtung ihrer Augäpfel war mir vor einer knappen Woche schon in der Ankunftshalle des Flughafens von Tunis aufgefallen, wo Fräulein Sonderegger, ein langstieliges Erkennungsschild schwenkend, die passenden Ankömmlinge in Empfang genommen und unter Verharmlosung des herrschenden Regenwetters zu einem Kleinbus geführt hatte, der uns, eine Frau mit zwei Kindern, mich und vier bis fünf unmögliche Paare nach Hammamet bringen und dort auf die gewählten Hotels verteilen sollte. Ich sage ›unmöglich‹, weil mir als Alleinreisendem das Elend der Ferienpaare nie verborgen geblieben ist; die fremde Umwelt schüchtert ein, scheint unberechenbar, das heißt bedrohlich, und zwingt das Paar zu einem allzu klebrigen Bündnis. Der Abstand, der Verträglichkeit ermöglicht, schmilzt, das Paar wird reizbar, ungeduldig, verwünscht im stillen die Verknotung, er will nach links und sie nach rechts, er stöhnt vor Hunger, sie muß wie üblich noch aufs Häuschen, und schließlich treten sie als schick gekleidetes und — wie ich, in einer Ecke sitzend, fast ohne hinzusehen wittere — als unglaubwürdiges Gefüge in den Speisesaal. Ich gebe zu, die Not der Paare kommt mir nicht ungelegen, sie relativiert die eigene und freilich andersartige, die jeder Einzelreisende erfährt: Nirgends bist du gekannt, du stehst als Namenloser in der Fremde, gelöst aus dem Geflecht vertrauter Menschen, Gegenstände und Prozesse, das dich dir selbst vertraut macht, weil es dich definiert und dir Kontur und Halt gibt; jetzt aber, als Folge der Entgrenzung, wird dir bang, du spürst, wie sich dein Selbstgefühl verwandelt in das Gefühl, ein Nichts zu sein, ein Niemand, ein irgendwie verschrumpelter, sich selber fremder Klumpen, dem jeder Hund die Deformierung anriecht. Trotzdem, ich schätze die sporadische Erfahrung des Sicherheitsverlusts und würde sie auch jenen Doppelzimmerexistenzen wünschen, die ihre Klapprigkeit nie fühlen, weil jedes jedem als Spazierstock dient.

Frau Sonderegger stand also am Bett. Den regulären Rückflug vom kommenden Sonntag – es war Freitag – habe sie noch nicht annulliert, in Kenntnis des hiesigen medizinischen Standards empfehle sie mir dringend, am Sonntag heimzufliegen oder aber, falls mein Zustand dies wirklich verbiete, mich in eine Privatklinik für Europäer überführen zu lassen. Ich winkte ab, ich setzte mich für die Ehre des Hôpital Charles Nicolle ein, aber es ging mir, matt, wie ich war, nur darum, in Ruhe und meinetwegen in Ewigkeit liegenzubleiben. Frau Sonderegger, die zwar meine Tochter, nicht aber meine Enkelin hätte sein können, sprach mit mir wie mit einem starrsinnigen und überdies schwerhörigen Großvater, aber wenigstens nahm sie meine beiden Telegrammtexte entgegen. Ihr Lippenstift hatte auf die oberen Schneidezähne abgefärbt, und ich entschloß mich, die Augen, die mir immer wieder zugefallen waren, nicht mehr zu öffnen und in den Tiefschlaf abzuwandern.

Ich sah die Häuser meiner Stadt in sich zusammenfallen und wunderte mich nicht über die große Genugtuung, die ich dabei empfand. Besonders gefiel mir der Einsturz jener Gebäude, deren Pflege und Erhaltung ich zu meiner Lebensaufgabe gemacht hatte. Mein Standort war nirgends. Die nacheinander einsetzenden, an- und abschwellenden Heultöne waren mir ein Gesang, eine kontrapunktische Festmusik, und nach dem Erwachen, es war noch finster, hörte ich mit Andacht zu, bis der letzte Muezzinruf scherbelnd verhallte. Lange lag ich wach. Zwar fühle ich mich für den Inhalt meiner Träume nicht verantwortlich, beschäftige mich auch selten damit, obwohl ich glaube, daß Träume jeden Menschen, auch den ödesten oder nichtswürdigsten, irgendwie adeln, weil sie aus jenem Seelenrevier kommen, das als einziges noch nicht verschimmelt ist, aber diesmal schien mir das Geträumte doch recht skandalös und jedenfalls bedenkenswert. Wohl oder übel mußte ich annehmen, daß sich etwas in mir für den Zerfall empfänglich zeigte und dem Ruin gewogen war. Warum der Traum, wenn er denn wirklich aus dem Unversehrten kommt, mich ausgerechnet einen Einsturz als Fest empfinden ließ, dies blieb mir damals rätselhaft, genug davon, genug und Pause.

Nun also. Der Koffer, den Grünberg mir am Samstag morgen brachte, war mir der erste Schritt zur Heimkehr, von ihm und auch von Grünberg ging Aufbruchstimmung aus. Vielleicht hatte Grünberg einmal erwähnt, daß er am Samstag abfliege, und ich hatte es überhört, auf jeden Fall überraschte und betrübte mich jetzt seine Ankündigung. Grünberg merkte es, er entschuldigte sich, er sagte, er habe ein schlechtes Gewissen, daß er mich einfach zurücklasse. Ich sagte, er habe einen Teil seines Urlaubs für mich geopfert, niemand hätte mehr für mich tun können als er, ich wisse nicht, wie ich ihm danken solle. Wir tauschten unsere Adressen aus, luden uns gegenseitig ein, er mich nach Ohio, ich ihn in die Schweiz, er bat mich, noch eine Blitzlichtaufnahme von mir machen zu dürfen, dann, beide bewegt, drückten wir uns die Hände, unter der Tür drehte er sich nochmals um und machte das Victory-Zeichen, ich hob den Arm und tat es ihm nach, und wie jeder Abschied, so zog auch dieser alle früheren Abschiede an, vollzählig standen sie um mein Bett herum, ich atmete schnappend, und der Klingelknopf, der dreißig Zentimeter über mir hing, schien unerreichbar. Zum Glück ließen meine Geräusche den Japaner im anderen Bett, der seinen Walkman ausnahmsweise abgelegt hatte und mit dem ich übrigens, da er noch nicht sprechen, höchstens unter Schmerzen ein wenig lallen konnte, nach wie vor nur einen auf gelegentliches Zunicken beschränkten Umgang pflegte, aufmerksam werden, er klingelte, die Schwester war schneller als üblich zur Stelle und setzte mir sofort die Sauerstoffmaske auf.

Doktor El Kadhi zeigte sich über das Wochenende nicht und blieb auch am Montag unsichtbar. Ein anderer Arzt, ein älterer, wortarmer Mensch, aus dessen Nase graue Haarbüschel wuchsen, untersuchte mich zweimal am Tag, und einmal am Tag wurde ich samt Bett in einen Spezialraum gerollt zwecks EKG-Kontrolle, aber Näheres über meine Herzstromkurve erfuhr ich nicht, glaubte allerdings am Gesicht des Arztes ablesen zu dürfen, daß ihre Beschaffenheit keinen Alarm auslöste. Der Arzt, der mich an einen meiner verstorbenen Coiffeure erinnerte — merkwürdigerweise sind mir bereits drei Coiffeure weggestorben, kaum ist mit dem jeweils neuen das nötige Vertrauensverhältnis aufgebaut gewesen, kaum hat er sich die nötige Kenntnis meiner Wünsche und meines Schädels angeeignet gehabt, ist er weggestorben, der Coiffeur, alle drei sind freilich schon älter gewesen, mit jungen hast du nur Verdruß, sie scheren alles über einen Kamm und haben für das Singuläre eines Kopfes keinen Sinn —, der Arzt also sprach mich nur ein einziges Mal wirklich an und fragte, ob mir der Verzicht auf das Rauchen schwerfalle. Dabei berührte er mit seinem rechten Zeigefinger den meinigen, und ich sah, daß beide gleichermaßen gelblich verfärbt waren. Die feine, fast brüderliche Geste des Arztes nahm mich sehr für ihn ein, und ich finde auch heute noch, wo ich leider zum Lager der Nichtraucher gehöre, daß die von Tag zu Tag verfemter werdenden Raucher zusammenhalten müssen und sich dem Terror der Nichtraucher, die wie fast alle Abstinenten unduldsame und wenig elastische Charaktere sind, nicht beugen dürfen. Seelenvergnügt spaziert der Nichtraucher in der Stadt herum, zwei Stunden lang, und dabei atmet er erwiesenermaßen so viel Schadstoffe ein, wie wenn er dreißig Zigaretten geraucht hätte, aber seinen Gast, der nach dem Nachtessen ein Zigarettchen rauchen möchte, schickt er auf den Balkon hinaus, wirklich, von zehn Enthaltsamen ist einer genießbar, von zehn Genießern neun, und ich habe dem Arzt geantwortet: Ja, der Verzicht fällt mir schwer. Da hat sich der Arzt eine Zigarette angezündet, hat sie mir hingestreckt und hat gesagt: Seulement trois bouffées. Ich griff mit Zittern, Gier und Rührung nach der Zigarette, vielleicht wie einer, der unter seinem

Galgen steht, und trotzdem war mir nicht bewußt, daß ich die letzten Züge in mich sog, die letzten drei bis heute. Es ist mir nie gelungen, Städte, Hügelzüge oder Menschen mit einem Schlußblick anzuschauen, mein Herz sagt immer nur: Bis bald. Vom Sterbebett des Vaters bin ich weggegangen, um zurückzukehren; ich habe mich in einer dunklen Nacht in meine Frau vergraben, traurig und staunend, doch ohne Ahnung, daß sie, Regina, die Nacht zur letzten Nacht erklären würde. Es scheint mir das Organ zu fehlen, das mich ein Ende fassen läßt als Ende.

Die akute lebensgefährliche Phase, erklärte mir ein aufgeräumter Doktor El Kadhi am Dienstag, sei nun vorüber, mein Wille zur Genesung sei musterhaft und wirke zuverlässiger als jede Medizin. Zwar könne eine Wiederholung des Infarktgeschehens, ein sogenannter Re-Infarkt, nie ausgeschlossen werden, und die Pumpfunktion meines Herzens sei, wenn auch in relativ geringem Maß, vermindert, aber sein prognostischer Instinkt sage ihm, daß, nicht zuletzt dank meiner rüstigen Grundkonstitution, Anlaß zur Hoffnungsfreude bestehe. Die Gunst der Stunde nutzend, sprach ich erneut von meiner lieben Familie und fragte Doktor El Kadhi, ob er mich allenfalls Ende der Woche entlassen könnte. Ungern, sagte Doktor El Kadhi, ungern, aber anketten wird Sie niemand, nur müßten Sie mich von aller Verantwortung entbinden und sich zu Hause sofort in ärztliche Obhut begeben. Abgemacht, sagte ich, schüttelte ihm die

Hand und merkte, daß mein Herz noch hüpfen konnte.

Am Abend besuchte mich Fräulein Sonderegger wieder. Wir besprachen die Lage, ich wollte Tatsachen schaffen und bat sie, für kommenden Samstag einen Linienflug für mich zu buchen, nicht gerade First Class, aber Business Class. Frau Sonderegger war umso eher einverstanden, als die Charter-Maschine vom Sonntag, mit der auch die Kunden ihrer Gesellschaft zurückflogen, ausgebucht war, und sie stellte mir sogar eine teilweise finanzielle Rückvergütung durch das Reiseunternehmen in Aussicht. Das Unternehmen, sagte sie, übernehme auch die Spitalkosten, allerdings nur vorschüssig. Das Wort ›vorschüssig‹, sie brauchte es mehrfach, setzte mir noch härter zu als ihr Parfüm, und schließlich gähnte sie so schamlos, daß ich mich bewußt nicht anstecken ließ, aber wenigstens war jetzt alles geregelt.

Die Aussicht auf baldige Heimkehr und die Erfahrung, daß ich, wenn ich nur klar genug auftrat, den Lauf der Dinge durchaus beeinflussen konnte, stärkte und befriedigte mich. War mir besonders wohl, erlag ich wieder der Versuchung, die Diagnose zu bezweifeln, malte mir heimische Ärzte aus, die ein geplatztes Äderchen, vielleicht ein Gallensteinchen fanden und meinen maghrebinischen Herzkranzgefäßverschluß ins Reich der Märchen verwiesen. Kurz, es ging stündlich aufwärts, ich aß mit Appetit. Schon am Mittwoch verließ ich das Bett erfolgreich, dreimal, und das Flugticket, das mir Frau Sonderegger am Donnerstag brachte, nahm ich stehend und frisch rasiert in Empfang. Da sie mich in meinen schwachen Tagen wie einen Greis behandelt hatte, trat ich ihr jetzt mit einer kühlen, fast herablassenden Höflichkeit entgegen, während sie selbst plötzlich Manieren zeigte, sogar Respekt, was ich mit Ärger und Genugtuung zur Kenntnis nahm. Du brauchst dich nur, und sei es im Pyjama, lotrecht genug zu präsentieren, und schon bebuckelt dich die halbe Welt, es ist ein Graus, und daß zu dieser halben Welt halt auch die halbe Frauenwelt gehört, weil, wie ich glaube, im seelischen Bereich die Quotenregelung von jeher gang und gäbe ist, dies darf kein Sehender und keine Sehende bestreiten. Ich habe, nebenbei, die Ebenbürtigkeit von Mann und Frau nie angezweifelt und jede Art von Gleichberechtigung begrüßt, denn nur die Gleichberechtigung macht sichtbar, macht endlich sichtbar, daß die Geschlechter sich erheblich ähneln, sie ist ein Segen, sie bietet allen freien, freudig benutzten Zugang zum Verfehlten; jetzt können wir, sofern wir mögen, zum ersten Mal in der Geschichte die menschliche, das heißt mannweibliche Totalverkrüppelung studieren. Die Blümchen, von unblumigen Herren beharrlich gedüngt, sind am Verwelken, sie blühten manchmal gern, manchmal aus Pflichtgefühl, fast alle gaben sich, gemäß Dekret der Herren, die ihren Teufeleien frönten, engelhaft und glaubten schließlich selbst an ihren holden Zauber. Der Spuk ist leider noch nicht ganz vorbei, der Feminismus hält eisern daran fest, daß Männer wüste Täter sind und Frauen Opfer. Das Opfer aber ist unschuldig, unschuldig wie ein Blümchen. Das Blümchen also ist geblieben, nur schimpft es jetzt ein wenig auf die Herren, statt endlich zuzugeben: auch ich kann übel riechen, auch ich bin blöd und hirnlos und zu vielem fähig.

Fräulein Sonderegger verabschiedete sich, wünschte mir gute Besserung und sagte, es sei ihr ein menschliches Anliegen gewesen, sich um mich zu kümmern, worauf ich erstmals im Leben die Wendung ›verbindlichen Dank‹ benutzte. Nach einer Ruhepause rief ich vom Büro des Portiers aus meine Schwester an und teilte ihr mit, daß ich wohlauf sei und am Samstag gegen halb vier in Zürich-Kloten ankommen würde. Sie nahm es mit großer Erleichterung auf, sagte, sie habe das Krankenhaus schon dreimal angerufen, man habe ihr immer erklärt, ich sei noch am Leben, aber telefonisch nicht erreichbar, man werde mir Grüße ausrichten. Daß diese irgendwo versickert waren, erstaunte mich wenig, ich sagte, es gebe einfach Mentalitätsunterschiede, und jetzt sei alles in Ordnung. Sie werde mich abholen, sagte die Schwester, sie würde auch gerne meine Wohnung einheizen, es sei sehr kalt in der Schweiz, aber sie habe ja keinen Schlüssel und Mutter auch nicht, ob niemand einen Schlüssel habe, vielleicht eine Freundin oder so. Ich sagte nein.

Am Freitag untersuchte mich Doktor El Kadhi noch einmal gründlich und erklärte mich für einigermaßen reisefähig, was ich um Gottes willen nicht mit gesund verwechseln dürfe. Er befahl mir, alle Belastungen zu vermeiden, den Koffer nicht selbst zu tragen, Rolltreppen zu benutzen und so fort, und er instruierte mich in der Handhabung eines mit Nitroglyzerin gefüllten Aerosol-Mundsprays, der mir im Atemnotfall zuverlässig Linderung verschaffen würde. Ferner übergab er mir einen großen, verschlossenen Umschlag zuhanden meines Hausarztes. Aufs herzlichste dankte ich für alles, aufs herzlichste nahmen wir Abschied, nicht nur mit Handschlag, auch mit Umarmung.

Als ich am Samstag früh nach mangelhaftem Schlaf die Augen öffnete, sah ich Grünbergs Vogelkäfig vor meinem Bett stehen. Lange schaute ich ihn an, griff auch nach ihm. Dann stand ich auf, wusch und rasierte mich abwesend. Beim Ankleiden verlor ich das Gleichgewicht. Ich wartete, auf dem Bettrand sitzend, bis die Schwester das Frühstück brachte. Wie immer klebte auf der Konfitüre eine Fliege. Über die Herkunft des Vogelkäfigs konnte die Schwester keine Auskunft geben, versprach aber, ohne zu verbergen, daß sie mein Bedürfnis nach Aufklärung weder teilte noch verstand, sich beim übrigen Pflegepersonal zu erkundigen. Ich aß, trank Tee und überlegte mir, ob ich den Käfig mitnehmen oder zurücklassen sollte. Für das Zurücklassen sprach meine Abneigung gegen ein zusätzliches Gepäckstück sowie der Umstand, daß ich für einen Vogelkäfig keine Verwendung hatte. Für das Mitnehmen sprachen Gefühlsgründe.

9

Eine Meldung kann noch so erschütternd sein, ein Vorfall noch so gräßlich: wenn die Meldung oder der Vorfall oder die Meldung über den Vorfall Elemente enthält, die meinen Standpunkt stützen und meine Sicht der Dinge als richtig erscheinen lassen, dann hat der Vorfall, hat die Meldung für mich auch etwas Lustbetontes. Ich nehme, wie jeder Mensch, am liebsten wahr, was mich bestätigt, das ist fatal, das ist der Anfang der Verblödung, verstehst du, eine Erfahrung müßte etwas sein, was uns widerlegt, was uns zumindest stutzig macht und das heißt weiterbringt und dehnt. Die Lust, die ich empfinde, wenn sich die Welt so gibt, wie ich sie sehe, ist erbärmlich, es ist die Lust des Spießers, der sich mit oder ohne Gartenzaun vom Leib hält, was ihm fremd und neu erscheint. Du wirst mir hoffentlich zugute halten, daß ich, im Unterschied zum Vollblutspießer, die geistige Verarmung als Gefahr betrachte und nur in seltenen, verzweifelten Sekunden als einen Segen.

Ich habe neulich von der Tyrannei der Nichtraucher über die Raucher gesprochen. Und ich habe heute morgen am Lokalradio ein Interview mit dem Besitzer eines großen Wohnblocks gehört, der, wie es hieß, das Nichtrauchen auf ebenso einfache wie originelle Weise fördere. Für die Wohnungen nämlich, in die Nichtraucher einziehen, verlangt er fünfzig Franken weniger Monatsmiete als für die Wohnungen, in die Raucher einziehen.

Der Vermieter ist im Interview gefragt worden, wie er verhindern könne, daß sich ein angeblicher Nichtraucher in eine billigere Nichtraucherwohnung einschleiche und dann heimlich doch rauche, ob er, der Vermieter, gelegentlich Kontrollen mache? Der Vermieter hat gesagt, daß er keine Kontrollen mache. Ob er denn, ist der Vermieter weiter gefragt worden, seinen Mietern einfach Vertrauen schenke? Vertrauen sei gut, hat er gesagt, Kontrolle besser, er vertraue darauf, daß die Mieter einander selbst kontrollierten, und sein Vertrauen habe sich inzwischen als gerechtfertigt erwiesen, zwei Anzeigen, denen er natürlich habe nachgehen müssen, seien bereits eingegangen. Im einen Fall habe er allerdings kein Beweismaterial finden können, im anderen Fall habe es unzweifelhaft geräuchelt, aber da er kein Unmensch sei, habe er dem fehlbaren Fräulein gegenüber nur eine Verwarnung ausgesprochen. Von wem denn Klage eingereicht worden sei, hat der Interviewer den Wohnblockbesitzer gefragt, von rauchenden oder von nichtrauchenden Mietern? Von nichtrauchenden, hat der Wohnblockbesitzer geantwortet. Der Interviewer hat gesagt, das komme ihm irgendwie unlogisch vor, denn eigentlich müßte sich ja eher eine offiziell rauchende Mieterschaft geprellt fühlen, wenn eine andere, offiziell nichtrauchende Mieterschaft fünfzig Franken weniger als sie, die rauchende, bezahle und dann trotzdem rauche. Die echten Nichtraucher, hat der Vermieter entgegnet, die für ihren Verzicht eine namhafte Vergünstigung bekämen, fühlten sich eben auch hintergangen, wenn andere ohne wirklichen Verzicht in den Genuß der gleichen Vergünstigung kämen wie sie, das Ganze sei also keineswegs unlogisch, sondern im Gegenteil logisch.

Ich habe das Radio abgestellt, und für mich hat das Gehörte etwas Erschütterndes, Gräßliches und Lustbetontes gehabt. Aber die Lustbetontheit, das habe ich gleich gespürt, hat gar nichts mehr zu tun gehabt mit dem Umstand, daß das Gehörte meine Auffassung vom zunehmenden Terror der Nichtraucher bestätigt hat. Vielleicht erinnerst du dich an unsere allererste Sitzung, da habe ich, wenn ich mich nicht täusche, die etwas breitspurige Bemerkung fallen lassen, die Welt sei unhaltbar. Diese Auffassung oder vielmehr dieser Verdacht, dieser freilich dringende Verdacht ist durch die Geschichte, die ich am Radio gehört habe, so sehr erhärtet worden, daß ein entsprechend hoher Lustgewinn die Folge war. Schade, die Welt ist unhaltbar; schön, daß ich das richtig sehe. Nun wirst du einwenden, die Schweiz sei nicht die Welt. Ich bin da nicht so sicher, auch wenn ich um der Welt willen hoffe, daß du recht hast, und auch um meinetwillen muß ich es hoffen: wo kann ich noch gern leben, wenn es sich zeigen sollte, daß unser Land nur eine widerliche Zirkusnummer unter vielen ist, nur ein besonders bösartiges, besonders tückisches und fauliges Primärgeschwür in einem metastasenüberschwemmten Organismus? Aber wahrscheinlich kann ich überhaupt nirgends gern leben, denn angenommen, es gäbe ein Land, das beispielsweise — im Unterschied zu meinem Land —

Flüchtlinge besser schützt als Fledermäuse, dann könnte ich auch dort nicht leben, weil ich mich dort meiner Herkunft ständig schämen müßte. So oder so, ich bleibe hier, hier bin ich überwacht und registriert und also auch ein bißchen aufgehoben. Im übrigen haben mir die Ärzte Gemütswallungen untersagt, ich dürfte mich infolgedessen mit Land und Leuten gar nicht mehr befassen, auch Ekel ist medizinisch kontraindiziert. So sitze ich. Und höre oder lese von Zeit zu Zeit die Statements jener Intellektuellen, die als Gewissen dieser Nation auftreten und die nicht müde werden zu betonen, daß nur der Staat ein böser sei, daß nur die Wirtschaftskapitäne, die Bundespolizei, die Banken und die Rechtsparteien moralisch zweifelhaft beschaffen seien und daß sie drittens an diesem ihrem Lande litten und es aus purer Liebe kritisierten und so fort, mein Gott, wenn ich mich doch ereifern dürfte über diese Jammertanten, die nie verraten, was sie lieben an diesem Weltzentrum der Niedertracht, an dieser parfümierten Abfallhalde, an diesem tödlich fleißigen, korrupten Pack, das sich scheinheilig jodelnd durch die Geschichte schummelt, Entschuldigung, ich.

So, ich atme wieder. Aber zurück nehme ich nichts, erwäge höchstens, ob die eigene Hinfälligkeit ausstrahlen, mitreißen könnte, manches gern knicken sieht, ein Ohr für den Wurm im Gebälk hat. Und sonderbar, trotz allem, ich bin nach jeder Auslandreise gerne heimgekehrt, auch damals, damals besonders:

Die Knie waren doch etwas nachgiebiger als erhofft, und ein gelegentliches Ohrensausen mußte ich in Kauf nehmen, sonst aber verlief die Abfertigung im Flughafen Tunis-Carthage problemlos. In der Abflughalle sprach mich ein sehr gepflegtes Männlein an und fragte, ob ich zufällig Österreicher sei. Ich sagte, ich sei Schweizer, und auch damit war er zufrieden, wir seien also, sagte er, beinahe Landsleute, er selbst sei Österreicher und in Verlegenheit, man habe ihm Geld gestohlen. Er erzählte, sein Gesicht immer näher an meinen Hals bringend, mit Hast eine lange Geschichte, aber ich war, betäubt von seiner Nähe und Beredsamkeit, nicht in der Lage, die Bedeutung der Sätze zu fassen. Ich verstand nur das, was er nach Abschluß der Geschichte ständig wiederholte, nämlich daß er mir im umgekehrten Fall auch helfen würde und daß er mir die benötigten zweihundert Franken in spätestens einer Woche zurückschicken werde. Er zitterte. Entweder er war wirklich in Not oder ein Betrüger, vielleicht beides, und während ich meine Adresse auf einen Zettel schrieb und die letzten zwei Hunderternoten aus meiner Brieftasche nahm — einen Moment lang sah es aus, als wolle er mit den Zähnen nach ihr schnappen —, bedankte er sich schon ungeduldig und wünschte mir mehrmals Gottes Segen. Heute, nach mehr als acht Monaten, warte ich nicht mehr auf das Geld. Und auf den Segen selten.

Passagiere mit blauen Bordkarten durften zuerst einsteigen, es waren die sichtbar exklusiveren, ich gehörte dazu. Ich sah mich, nachdem ich den Vogelkäfig ins Gepäckfach gelegt und meinen Fensterplatz eingenommen hatte, von immer mehr Geschäftsleuten umgeben. Sie taten mir nichts zuleide, aber ich haßte sie, noch ehe das Flugzeug die ersten Wolkenpakete durchbohrte, und ich haßte sie summarisch, weil sie sich weder im Verhalten noch im Aussehen voneinander abhoben. Eigentlich war jeder der Mann des Jahres. Jeder bestand aus Bügelfalten, rindsledernem Zahlenschloßaktenkoffer und einer porenfrischen Aftershavehaut. Mit empörender Weltläufigkeit wurden Spirituosen bestellt und gleichzeitig Agenden mit goldverstärkten Ecken studiert. Vor mir fiel das Wort ›Roh-Organigramm‹, hinter mir hieß es, die Zeit sei der knappste Rohstoff. Über diese Aussage hätte ich gerne nachgedacht, aber mein Sitznachbar störte mich, bot mir eine Benson & Hedges an, die ich ablehnte, und fragte, ob ich nicht auch der Meinung sei, daß das Ozonloch hochgespielt werde. Etwas eben Gelesenes schien ihn zu dieser Frage veranlaßt zu haben, er hatte schon seit dem Abflug in einem Wirtschaftsmagazin geblättert und blätterte jetzt, offenbar ohne besondere Spannung auf meine Antwort, darin weiter. Mit einer Schlagfertigkeit, die mich selber erstaunte, sagte ich, daß es nach meiner momentanen Überzeugung mehr Arsch- als Ozonlöcher gebe. Ich sagte es freilich nicht laut, aber immerhin innerlich, laut sagte ich nur, ich dürfe mir als Laie kein Urteil gestatten, höchstens einen Glauben, und dieser Glaube wachse mit der Einmütigkeit der zuständigen Experten, auch wenn mir bewußt bleibe, daß Einmütigkeit kein Kennzeichen der Wahrheit sein müsse. Lange genug, sagte ich und ärgerte mich über meine Gesprächigkeit, sei die Erde als Mittelpunkt des Planetensystems betrachtet worden, und zwar einmütig, dies habe sich als falsch erwiesen, so wie sich auch im außerwissenschaftlichen Bereich beinahe jede einmütige oder auch nur mehrheitlich vertretene Auffassung als falsch, ja als verwerflich und verheerend erwiesen habe, aber am Ozonloch, sagte ich, zweifle ich nicht, so wenig wie ich daran zweifle, daß dieses Loch, falls überhaupt, erst dann gestopft wird, wenn jeder einzelne Entscheidungsträger ultraviolettgeschädigt durch die Landschaft krebst. — Es war, bevor ich geendet hatte, offenkundig, daß mich mein Sitznachbar für gestört hielt, er verstellte die Luftdüse und schwieg. Mir war das recht. Ich hatte nicht den Ehrgeiz, mich einem dieser Herren verständlich zu machen, und umgekehrt war mein Bedürfnis, etwas über ihre Bewußtseinslage zu erfahren, gering. Stark hingegen war, seit ich in diesem Flugzeug saß, mein Wunsch nach Verwahrlosung. Obwohl ich mich für nüchtern halte, für einen Mann der Ordnung — ich bin kein Schöngeist und kein Anarchist —, und obwohl ich an und für sich weiß und wußte, daß dieser Schlag von Männern, der mich umgab, die Welt in Gang hält, so kann doch manchmal eine Winzigkeit genügen, zum Beispiel ein Manschettenknopf, ein ganz bestimmter, kalt perfekter Herrenhaarschnitt, sogar der Anblick eines Taschenrechners, um in mir die Sehnsucht zu wekken, ein ranziger, struppiger und verschmierter

Wirtshäusler zu sein. Und noch etwas beschäftigte mich seit dem Abflug. Ich habe schon erwähnt, daß sich die Business-Class-Passagiere auf eine lächerliche, ja gruselige Weise glichen, und dieser Eindruck erinnerte mich an die Lieblingsansicht eines Freundes, die ich aus etlichen Gesprächen kannte. Er meint, vereinfacht dargestellt, daß es das sogenannte Individuum nicht mehr gebe, er spricht vom Tod des Individuellen, vom Untergang des Subjekts, vom Fall des Ichs, man sehe nur noch programmierte Puppen, erstarrte Schatten und leere, austauschbare Futterale, das Ich, sagt er, sei nur noch eine sprachliche Behauptung und eine dreiste Fiktion, zumal in neueren Romanen, weshalb fast alle neueren Romane prinzipiell verlogen und veraltet seien und von ihm nicht mehr gelesen würden, ihm gingen diese Helden, die so täten, als hätten sie Gesicht, Geschichte und Kontur, ganz einfach auf den Wecker, genau wie die Verfasser selbst, die, statt den Ich-Schwund thematisch und formal zu reflektieren, das alte Ich hochleben ließen und ihre Ammenmärchen mit bunten Individuen bevölkerten. So ungefähr mein Freund. Nun ja. Besonders einverstanden war ich nicht. Was aber sollte ich als philosophisch und literarisch zwar interessierter, aber kaum geschulter Mensch entgegnen? Ich sagte trotzig, daß ich noch Ich genug sei, um mich dem Zeitgeist zu entziehen. Ich sagte, daß kein totes Individuum den Tod des Individuums verkünden und beklagen könne. Und wenn die Dichter, sagte ich, das Ich nicht fallen lassen, zeugt das vielleicht von Treue und kann sogar als Akt des Widerstands begriffen werden, als denkmalpflegerische Leistung, denn jede denkmalpflegerische Leistung ist auch ein Akt des Widerstands. Und abgesehen davon, sagte ich, könne ich mir vorstellen, daß es für den Dichter schon mühsam genug sei, ein Ich spazierenzuführen; wenn man jetzt noch von ihm verlange, ein auf der Höhe der Zeit sich befindendes Nicht-Ich spazierenzuführen, dann treibe man ihn möglicherweise ins Schweigen, was, ein paar abgehetzte Rezensenten ausgenommen, niemand begrüßen könne. Mein Freund ließ sich nicht überzeugen, er hielt an seiner Lieblingsansicht fest und meinte, wenn ich diese Ansicht als zu abstrakt empfände, so sei das mein Problem. Er hatte recht. In der Chemie bin ich als Schüler so lange mitgekommen, als ich Schwefeldämpfe roch und sah, in der Physik so lange, als Eisenspäne sich um den Magneten scharten. Ich konnte fassen, was ich sinnlich fassen konnte, und ich erblindete im Reich der Formeln. Ich brauchte Anschauung. Ich brauche Anschauung, und darum habe ich die These meines Freundes erst mit Verspätung ganz begriffen, erst auf dem Flug von Tunis-Karthago nach Zürich.

Da gab es Komplikationen. Der Beamte bei der Paßkontrolle, der auf die Pässe jener Reisenden, die vor mir in der Schlange standen, kaum einen Blick geworfen und sie mit einer knappen Kopfbewegung zum Weitergehen aufgefordert hatte, nahm sich für mich mehr Zeit. Er schaute das Paßbild an, schaute mich an und speiste meinen Namen in den Computer ein. Ich ärgerte mich ein wenig, freute mich aber auch auf die Enttäuschung des Beamten. So verständlich es ist, daß fahndende Beamte von Zeit zu Zeit ein Erfolgserlebnis brauchen, so verständlich sind die verhaltenen Triumphgefühle dessen, der sich unschuldig weiß. Es gehört zum Befriedigendsten, ich weiß es aus Erfahrung, morgens um zwei Uhr ohne einen Tropfen Alkohol im Blut, ausgerüstet mit Führerschein, Fahrzeugausweis, Pannendreieck und vier profilstarken Reifen, in eine Polizeikontrolle zu geraten und dabei zu beobachten, wie die Organe nach Freundlichkeit und Fassung ringen. Nun, der Beamte sah rasch, daß er die Angel vergeblich ausgeworfen hatte, ließ sich nichts anmerken, ließ mich passieren.

Wenn ich meinen Koffer von weitem auf dem Förderband liegen und näher kommen sehe, mein Koffer ist alt und einzigartig, muß ich mich beherrschen, ich würde ihm gern entgegeneilen. Ist er in Griffnähe, nehme ich ihn fast zärtlich vom Band. Es ist schon vorgekommen, daß ich ihn liegengelassen habe, um ihn verschwinden, nach einer Weile wieder auftauchen und abermals auf mich zukommen zu sehen. Diesmal griff ich sofort nach ihm, denn erstens sah ich hinter der Trennscheibe in der Ankunftshalle bereits meine Schwester winken — sie trug wie immer einen fabelhaften Hut —, zweitens fühlte ich mich jetzt doch recht schwach und hatte selbst in Ruhestellung ein wenig Lufthunger. Ich wählte den grünmarkierten Ausgang — NICHTS ZU DEKLARIEREN — und glaubte mich schon in den Armen der Schwester, als mich einer der beiden Zollbeamten zum Korpus, hinter dem er stand, heranwinkte. Vor mir, neben mir, hinter mir gab es genug andere Leute, womöglich mit Heroin oder angereichertem Uran im Aktenkoffer, die völlig unbehelligt blieben, nur mir schien man zum zweiten Mal nicht ganz zu trauen. Der Zollbeamte fragte mich, ob ich Waren anzumelden hätte. Nein, nichts, sagte ich. Was haben wir denn da? fragte der Zollbeamte. Da haben wir einen Vogelkäfig, sagte ich und merkte gleich, daß sich der Zollbeamte durch die Art meiner Antwort verlacht fühlte. Er forderte mich auf, den Koffer zu öffnen. Während er nicht etwa darin wühlte, sondern jeden einzelnen Gegenstand herausnahm, begutachtete und neben den Koffer legte, fragte ich mich, ob irgend etwas an meiner Erscheinung nicht stimmte. War ich vielleicht so hohlwangig geworden, daß man mich mit Drogen in Verbindung brachte? Der Beamte öffnete das auswaschbare Boden-Reißverschlußfach meines Necessaires, fand aber nur den feuchten Waschlappen und den feuchten Rasierpinsel; aus dem Hauptfach nahm er das Sonnenöl-Fläschchen, das ich überflüssigerweise mitgenommen hatte, schraubte den Deckel ab und roch. Mein Roll-on-Deo hielt er gegen das Licht. Dann wandte er sich noch einmal dem Vogelkäfig zu, dessen Unterseite er in der Hoffnung auf einen doppelten Boden abklopfte. Ich zitterte vor Zorn und Schwäche. Der Zollbeamte zeigte auf die Ausbuchtung in meiner Jackentasche und fragte, was das sei. Ein Aerosol-Spray, sagte ich. Ein was? fragte er. Ein

Aerosol-Spray, sagte ich, verriet aber nicht, daß sich Nitroglyzerin darin befand, denn zweifellos war ihm Nitroglyzerin nur als Sprengstoff, nicht aber als gefäßerweiterndes Medikament bekannt. Zeigen Sie mal, sagte er. Ich gab ihm den Spray und fragte mit einer Stimme, die nicht wie beabsichtigt forsch tönte, sondern matt, fast röchelnd, ob ich wie ein Drogenkurier aussähe. Der Zöllner beschnupperte den Spray, schüttelte ihn nahe am Ohr und sagte, aufs Aussehen komme es nicht an, darauf sei kein Verlaß. Ich fragte, warum er dann nur mich, aber keinen der zahllosen Krawattenherren kontrolliert habe. Der Beamte schaute mich an, gar nicht besonders kalt, eher forschend, dann sagte er: Ich täusche mich selten, Sie können einpacken.

10

Es war ein Mann, ein Ritter, jung, reich und klug, edel gesinnt und im Verhalten einwandfrei: Ratlosen ein Berater und Hilfesuchenden ein Helfer und Schutzbedürftigen ein zuverlässiger Beschützer, kurzum, er lebenswandelte vortrefflich und obendrein auch gern und unbeschwert, und er erfreute sich der Achtung und der Liebe vieler, er war im Glück.

An dieser Stelle habe ich das Büchlein, das mir Regina fast dringend zur Lektüre anbefohlen hat, schon zugeklappt und mich gefragt, wie die Geschichte weitergehen könnte. So sonnig wird und darf es, hab ich mir gesagt, nicht bleiben, es widerspräche nicht nur der Erfahrung, es widerspräche auch der sadomasochistischen, das heißt der jüdisch-christlichen Tradition, in der sich immer dort, wo Erdenglück sich breitmacht, Gottes Faust hebt. Dann habe ich weitergelesen — übrigens lese ich, wenn ich lese, nur im Paimio-Sessel, davon später —, also:

Eines Tages geschah es. Auf den ahnungslos blühenden Ritter sauste die Faust: Aussatz befiel ihn. Der Ritter, in Staub und Finsternis geschmettert, siech, triefäugig, entstellt von Flecken, Knoten und Geschwüren, wurde den Menschen zum Ekel, man mied ihn, und er versank in Bitterkeit, gab sich der Trauer hin, verfluchte gar den Tag, da er geboren ward. Trotzdem, er hoffte noch. Es gab, so hatte er gehört, auch einige Erscheinungsformen dieser Krankheit, die als heilbar galten. Der Ritter, ein Schwabe nebenbei, entschloß sich, nach Frankreich zu reisen, er reiste nach Montpellier, unweit der Mittelmeerküste. Die dortigen Meister der Heilkunst indessen konnten nicht helfen, nicht trösten. Er solle, hieß es so brutal wie ehrlich, nicht länger auf Erlösung hoffen. Der Kranke aber reiste weiter, nach Osten erst, nach Süden dann, ihm war die Stadt Salerno, berühmt dank ihrer hochgelehrten Mediziner, ein letzter Silberstreifen. Dort suchte er den besten aller Ärzte auf. Der sagte Sonderbares. Ihr könntet, sagte er, sehr wohl genesen, und trotzdem seid Ihr unheilbar. — Den armen Ritter befremdete das Rätselwort. Wie das? so fragte er, wollt Ihr den Satz vom Widerspruch verhöhnen? Wie könnt Ihr mir Gesundung und Untergang zugleich verkünden? Wollt Ihr mich heilen oder nicht? — Laßt alles fahren, sprach der Arzt, es gäbe zwar ein Mittel, Euch zu retten, allein, kein Mensch ist reich genug, es zu beschaffen, Ihr seid, sofern Euch Gott nicht hilft, verloren. — Ich habe, sprach der Ritter, Gold und Silber. — Glaubt mir, entgegnete der Arzt, mit Gold und Silber kann keiner die Arznei erwerben, auch nicht mit Schlauheit oder Kunst, ich kann nichts tun für Euch. — Darauf der Ritter: So nennt mir wenigstens das Mittel, das mich heilen würde und das für mich so unerreichbar scheint. — Nun also, sprach der Arzt, Euch könnte einzig eine Jungfrau helfen, die sich aus freiem Willen für Euch opfert: das Blut aus ihrem Herzen wäre Eure Rettung. Wer aber stirbt freiwillig, damit ein anderer leben kann? Kein

Mensch! — Dies wußte auch der Ritter, und er verlor die Hoffnung, gab sich auf, er reiste heim in tiefster Trübsal, kein Lämpchen glühte mehr, und Lebensüberdruß bemächtigte sich seiner. Zu Hause gab er weg, was er besaß, beschenkte arme Freunde, fremde Arme, beschenkte Gotteshäuser, behielt nur eine Rodung, ein abgelegenes Stück Land. Die Menschen fliehend, zog er sich dorthin zurück.

An dieser Stelle habe ich das Büchlein zugeklappt und weggelegt und mich gefragt, wie die Geschichte weitergehen könnte. So trostlos wird und darf es, hab ich mir gesagt, nicht bleiben, dies widerspräche zwar nicht der Erfahrung, wohl aber der jüdisch-christlichen Tradition, in welcher immer dort, wo Elend ist, die Gnade des Allmächtigen gleichsam im Startloch sitzt.

Man wird ja sehn. Sobald ich mehr weiß, will ich, sofern du magst, die Nacherzählung weiterführen. Ich weiß jetzt immerhin, warum Regina mir das Buch geschenkt hat. Die Parallelen sind zwar nicht unbedingt frappant, jedoch vorhanden, und auch aus diesem Grund — Regina ist nicht herzlos — vermute ich, daß dieser Ritter nun nicht sang- und klanglos in die Gruft fährt. Hingegen bleibt mir unklar, wie sie als Biologin auf eine abgelegene Erzählung aus dem Mittelalter stoßen kann, von deren Existenz ich keine Ahnung hatte. Andrerseits erinnere ich mich, daß früher, als wir noch zusammen waren, auch immer die merkwürdigsten und mir stets unbekannten Bücher herumgelegen sind, ich habe mich oft ein wenig ausgeschlossen gefühlt, und wenn ich Regina gefragt habe, wie sie auf dieses oder jenes Buch gekommen sei, hat sie gesagt, sie wisse es selber nicht, sie habe es wohl zufällig in einer Buchhandlung entdeckt. Mitunter bin ich eifersüchtig gewesen oder vielleicht eher argwöhnisch und habe befürchtet, daß da irgendein Mann sein könnte, der ihr fortwährend exotische Bücher empfahl und mit dem sie dann, wenn ich an freien Samstagen Hans hütete, Leseerfahrungen oder anderes austauschte. Regina ist nämlich an vielen Samstagen weggegangen, meist schon morgens um zehn, und in der Regel erst gegen sechs Uhr abends heimgekommen, und da ich nicht angenommen habe, daß sie für die paar Einkäufe acht Stunden benötigte, habe ich mir zuweilen leidige Sachen ausgemalt. Nach ihrem allerersten Ausgang, ich erinnere mich gut, habe ich sie gefragt, wie sie den Tag verbracht habe, und ich habe nicht als Richter gefragt, sondern als anteilnehmender Ehemann. Was ist natürlicher, als daß sich Eheleute, die für ein Weilchen getrennt waren, ihre Erlebnisse erzählen? Hätte ich nicht gefragt, so wäre das für mein Gefühl ein Zeichen von Gleichgültigkeit gewesen. Regina aber hat gesagt, die Woche habe hundertachtundsechzig Stunden, sie möchte gern, daß acht von hundertachtundsechzig Stunden ihr allein gehörten. Und über diesen Zeitraum, Freiraum, Spielraum möchte sie verfügen können nach eigenem Belieben und überdies in der Gewißheit, daß sie niemandem, auch nicht mir, Bericht erstatten müsse. Es gehe, hat Regina gesagt, nicht um Geheimnistuerei, schon gar nicht darum, mich zu ängstigen, es gehe einzig darum, daß sie — zum Beispiel — im Zoo vor einer Tigerpython stehen könne und dabei das Bewußtsein haben dürfe: kein Mensch weiß, wo ich bin, und keiner wird erfahren, wo ich war. — Mir hat das alles sofort eingeleuchtet, ich habe es begriffen, ich habe es im Kopf bedingungslos gebilligt, und da es für mich eine bekannte Erfahrung war, daß sich mein Herz nicht immer auf der Höhe meines Kopfs befand, habe ich mir die gelegentlichen Regungen der Eifersucht, die zeitweilige Unruhe und Verlustangst nachgesehen. Daß ich selbst, der ich ja bis Mitte dreißig zwar nicht immer ungebunden gelebt, aber immer allein gewohnt hatte, auch das Bedürfnis nach einem kleinen Freiraum spürte, dies hätte ich nicht zu äußern gewagt. Es jetzt noch zu äußern, im Gegen- oder Nachzug, wäre mir krämerisch vorgekommen, trotzig und angestrengt, ich mag die Symmetriebeflissenheit von Paaren nicht.

Einmal, Hans war drei, ich hatte Ferien, ist Regina fortgegangen, nach kurzfristiger Ankündigung, mit dem Versprechen, in drei bis vier Tagen wiederzukommen, und mit der Bitte um meinen Glauben an ihre Ziellosigkeit. Du darfst, habe ich gesagt, meine Fassungskraft nicht überschätzen. Regina hat mich innig umarmt, und Hans hat für zwei gebrüllt. Am Abend des vierten Tages ist Regina heimgekommen, ich habe die Blasen an ihren Fersen aufgestochen und desinfiziert und keine Fragen gestellt. Ob ich nicht wissen wolle, wo sie gewesen sei, hat mich Regina gefragt. Es ist nicht nötig, es zu wissen, habe ich geantwortet, es ist nur nötig, dir zu sagen, daß ich dich und dein Goldhaar keinem anderen gönne. Regina hat ihr Rucksäcklein geöffnet und einen gerollten Halbkarton herausgenommen. Das ist für dich, hat sie gesagt, und ihr Gesicht hat sich gerötet. Nie sonst im Leben bin ich einem Menschen begegnet, der seine Farbe so oft und plötzlich wechseln konnte wie Regina, daran erinnere ich mich mit Bewegung. Ich habe das Gummiband von der Rolle abgestreift und die Rolle entrollt, und vor mir ist jene ruhigzarte, streng komponierte Seelandschaft gelegen, die du inzwischen kennst und die du oft betrachtest, wenn sie in deinem Blickfeld liegt. Den schlanken Rahmen und das Passepartout habe ich selbst gemacht, es gab im Handel keinen Rahmen für dieses Bild. Zuerst bin ich gar nicht auf die Idee gekommen, daß Regina das Aquarell gemalt haben könnte, erstens habe ich nicht gewußt, daß sie malt, zweitens fehlte dem Bild, wie ich sofort gesehen habe, das brav Naturgetreue, das Gutgemeinte, das Unbeholfene und das Beliebige, kurzum, es fehlte und es fehlt ihm jede Spur des Dilettantischen, und meine Sprachlosigkeit hat Regina nicht gekränkt, sondern noch verlegener gemacht. Sie wisse wohl, hat sie gesagt, daß heutzutage bald jede Frau oder Hausfrau male, sie schäme sich, sie fühle sich ertappt, entblößt, ich müsse ihr versprechen, das Bildchen zu verbergen, es sei für mich allein bestimmt, so wie sie selbst, so wie ihr Haar.

Ich habe das Versprechen erst nach der Trennung gebrochen. Und ich habe nie die Größe gehabt, Regina auf ihre fraglos hohe und ungewöhnliche Begabung hinzuweisen und sie mit Nachdruck zum Malen zu ermutigen, denn ich habe ihre Begabung auch als Bedrohung empfunden, ich habe Angst gehabt, daß ich für eine malende Regina zur Nebensache werden könnte, verstehst du, Reginas innere Entfernung habe ich befürchtet und gefürchtet, im Rückblick sieht es fast so aus, als hätte ich mir mit der Furcht vor einem künftigen und eingebildeten Geschehen die Wahrnehmung ersparen wollen, daß ebendieses befürchtete Geschehen schon gegenwärtig und im Gang war.

Jedenfalls habe ich nie mehr ein Bild von Regina zu sehen bekommen, ich weiß nicht, ob sie heimlich oder ob sie gar nicht mehr gemalt hat, sie hat auch ein Jahr später, in unserem letzten Sommer, in Finnland, wo wir zu dritt die Ferien verbrachten, nicht gemalt, obwohl sie alles bei sich hatte und die Bedingungen die besten waren. Da sich Regina schon immer von Seen angezogen fühlte und da ich selbst den Knabentraum vom Blockhaus nie verloren hatte, war der Entschluß, ein Haus am See zu mieten, naheliegend, und ich empfehle allen, die behaupten, es gebe keine Paradiese mehr und keine Abgeschiedenheit und Stille, an einem der finnischen Seen ein Blockhaus zu mieten. Wirklich, wir haben das Gefühl gehabt, in einem Paradies zu sein, aus dem uns nicht einmal die Millionen Mücken vertreiben konnten, die sich auch ihrerseits durch nichts vertreiben ließen.

Heute möchte ich keiner Mücke raten, mich zu stechen. Was dort auf dem Taburettchen liegt, siehst du, ist mein individueller Medikamenten-Cocktail. So nennen es die Ärzte. Ein Plexiglasbehälter mit Morgenfächern, Mittagfächern, Abendfächern. Zur Zeit beträgt die Tagesration an Kapseln und Tabletten fünfzehn Stück, und jede Mükke, die sich mit meinem Blut vollsaugt, berauscht sich tödlich.

Lange Ruderbootsfahrten habe ich mit Hans gemacht, lange, tägliche, dem Ufer entlang oder hinüber zur Insel der Möwen, und wenn wir wegruderten, ist Regina reglos auf dem hölzernen Landesteg gesessen, und wenn wir zurückkamen, saß sie noch immer, und sie ist versonnen gewesen und still die ganzen Wochen hindurch. Hans hat sich ganz an mich gehalten, ich mich an ihn, ich habe ihn erstmals wirklich gefühlt, ihn und sein weißes Körperchen und seine übergroßen, klaren und einfach wunderbaren Augen herzlich geliebt. Es hat mich etwas beunruhigt, daß er in dieser Zeit ganz leicht zu stottern begonnen hat, auch hat er plötzlich wieder, so wie als Zweijähriger, die Wörter Schiff und Fisch verwechselt. Daß er sich oft mitten in einem kleinen Gespräch auf der Bootsbank an meine Schulter gelehnt hat und eingeschlafen ist, hat mich hingegen belustigt, während Regina, die seine Ermüdbarkeit und seine Schlafgewohnheiten besser kannte, eher besorgt gewesen ist. Aber da Hans über nichts geklagt und oft gejauchzt hat, haben wir, habe ich jedenfalls auf seine Müdigkeitsanfälle nicht weiter achtgegeben.

Du bist so abgedichtet, du bist wie verschleiert, habe ich in einer Nacht geflüstert, gefällt es dir hier nicht, beschwert dich etwas? — Sehr nahe ist mir alles hier, und das befremdet mich, hat Regina zurückgeflüstert, ich weiß nicht, wo ich bin, ich bin nicht in mir, vielleicht ist es nicht gut, das aufzusuchen, was uns zusagt: Birken und Nadelgehölz, den stündlich anderen See und die Stille, ich kann nicht sagen, was ich fühle, halt mich fest.

Einmal, Regina ist in der Sauna nebenan gewesen, habe ich unter der Sitzbank im Wohnraum ein schwarzes Büchlein liegen sehn, ich habe es aufgehoben und aufgeschlagen, es ist ein Notizbuch gewesen, und meine Hände haben gezittert, mein Mund ist trocken geworden, ich habe das Gefühl gehabt, den Schlüssel zu Regina gefunden zu haben, ich bin vor der offenen Geheimschublade und vor der Wahl gestanden, recht oder unrecht zu tun, und ich habe recht getan, aber nicht weil ich das Rechte habe tun wollen, sondern weil mich die Angst, von irgendeiner Wahrheit versehrt, vielleicht gefällt zu werden, lähmte. Ein Zettelchen ist herausgefallen, ich habe den Satz, den sich Regina darauf notiert hat, nur darum gelesen, weil er in Anführungszeichen stand und also ein Zitat sein mußte, ich habe den Satz mehrmals gelesen, später auch aufgeschrieben und ohne Erfolg nach der Quelle geforscht. »Der Kampf vollzieht sich allein in den Finsternissen. Nur an ihren Rändern ist Sieg.« Ich habe den Zettel wieder ins Büchlein und das Büchlein wieder unter die Sitzbank auf den Boden gelegt, dann bin ich in den Wald gegangen und habe mich grundlos erbrochen.

Manchmal ist die Landschaft feindlich geworden, wir sind auf der Veranda gesessen, bang alle drei, und haben einander nicht helfen können, obwohl sich die Blätter der Seerosen im tückisch glitzernden Wasser entfärbten, obwohl ein stummer Wolkentumult die Insel der Möwen zum schwarzen Balken gemacht hat. Selbst Hans ist dann stillgesessen, als spürte auch er die Vergeblichkeit jeder Bewegung. Die Fische haben nach Luft geschnappt, die Minuten sind lang gewesen, ich habe die Meinen nicht angerufen und ihnen kein Feuer bereitet.

Und einmal haben wir Hans zu Helvi bringen dürfen, Helvi ist unsere Vermieterin gewesen und hat in der Nähe, landeinwärts, gewohnt, Regina und ich sind mit dem Bus nach Savonlinna gefahren, zu einer Aufführung der ›Zauberflöte‹ in der Burg. Das festliche Menschengewimmel in der festlich erleuchteten Burg hat uns beide benommen gemacht, nach zweieinhalb Wochen am See sind wir uns unpassend vorgekommen und haben die wirkliche Welt als nicht sehr wirklich empfunden. Auch hat, wer aus den Wäldern kommt, für eine Oper nicht unbedingt die rechten Augen und das erforderliche Ohr, und mir ist alles, was auf der Bühne vorgegangen ist, ein wenig peinlich gewesen. Ich habe die Musik wohl würdigen, mich aber nicht, wie soll ich sagen, seelisch beleben lassen können, wahrscheinlich weil mir alles Drum und Dran so läppisch und bombastisch schien. Nur schon Sarastro! Was für ein Mordsmann im Purpurgewand, welch hoheitsvoller Donnerbaß, der sowohl, habe ich gedacht, die mittelalterlichen Mauern beben läßt als auch manch sensitive Frauenbrust. Da hat Regina sich an mich gelehnt und mir ins Ohr gehaucht: Ich schmelze. — Gottlob, sie macht sich lustig, habe ich gedacht, der Schmalz nervt sie wie mich. Ich habe den Kopf nach rechts gedreht und leider sehen müssen, daß es Regina ernst gewesen ist, ihr Mund und ihre Augen haben es verraten. Nach der Oper sind wir noch lange in einem Restaurant gesessen, Regina aufgetaut, ich eher wortkarg, wir haben Bier getrunken. Ein solcher Mann also, ein solch titanischer und trotzdem sammetweicher Baß: das also wäre, habe ich gedacht, die Speise, die sie brauchte und die ich ihr in Ewigkeit nicht bieten kann. Die ganzen Nichtigkeitsgefühle aus meiner frühen Jugend sind plötzlich wieder dagewesen und haben mich zum Wichtelmännchen schrumpfen lassen. Dann ist die Türe aufgegangen, Raunen im Restaurant, am Nebentisch ist der Name des Sängers geflüstert worden, der den Sarastro verkörpert hat, ich selbst hätte Sarastro nicht wiedererkannt, und Regina hat vor Bestürzung die Farbe verloren, hat ungläubig und mit Widerwillen auf den gar nicht sehr majestätischen Koloß geschaut, auf seinen schwammigen Gewaltsbauch, auf seine Glatze, auf seine Brille mit den dicken Gläsern, und trotzdem hat sich meine Stimmung nicht verbessert. Ich hätte mir gern eingeredet, Regina sei dem Schein erlegen, dem Blendwerk, dem Theaterzauber, ich hätte gern ein schamlos hinters Licht geführtes Opfer in ihr gesehen, allein, das ist sie nicht gewesen, vielmehr, so habe ich mir sagen müssen, ist folgendes die Wahrheit: Die Stimme eines fremden Mannes, die ganz reale Stimme hat Regina zum Schmelzen gebracht, und statt einfach zu schmelzen, stumm, diskret, hat es Regina für nötig gehalten, mich über ihren Schmelzprozeß zu unterrichten. Sie hat mir etwas zugeflüstert — dies ist der springende Punkt —, was sie mir niemals zugeflüstert hat in all den Jahren des Zusammenseins.

Später, im Bett, wir haben ein Hotelzimmer reserviert gehabt, hat mich Regina berührt, ich habe sie nicht berührt. Ich bin halt kein Sarastro, habe ich gesagt, mir fehlen dazu an die neunzig Pfund. Regina hat gesagt, das sei an sich kein Anlaß, sie zu meiden. Du schmilzt ja doch nicht, habe ich gesagt. Mein Gott, hat sie gesagt, bist du empfindlich. Ja, habe ich gesagt, du stößt ein Nädelchen in meinen Schenkel, ich rufe Au!, und du verübelst mir das Au und sagst: Mein Gott, bist du empfindlich. — Armer, hat sie geseufzt und hat sich abgewandt, ich habe mit der linken Hand die rechte Faust festhalten müssen, um meine Frau nicht ins Gesäß zu boxen.

Ich warte in Helsinki auf euch, habe ich drei Tage vor unserer geplanten Abreise zu Regina gesagt, ich fahre voraus, morgen, ich möchte noch zwei Tage lang für mich sein. Hätte Regina Einwände gehabt, so hätte ich sie an den Zoo erinnert, an ihre Tigerpython, aber sie hat keine Einwände gehabt, sie hat mich freundlich entlassen. In Helsinki ist es heiß gewesen, ich habe mich unter die vielen Sommermenschen gemischt und ihre Beschwingtheit nachgeahmt, ich bin herumflaniert, herumgesessen und habe Bier um Bier getrunken in der Erwartung, mich plötzlich frei und leicht zu fühlen, aber ich bin leblos geblieben, und wenn ein vorübergehendes Kind auf mich gezeigt und zu seiner Mutter gesagt hätte: Dort sitzt ein ausgestopfter Mann!, so hätte es mich nicht verwundert. Die Tischchen in den Straßencafés, an denen ich gesessen bin, habe ich immer für mich allein gehabt, an allen anderen Tischchen sind mehrere Personen gesessen, um mich und mein Tischchen herum ist immer ein ringförmiger Schlagbaum gewesen, nur einmal hat einer sich zu mir gesetzt, ein Tätowierter, er hat gemurmelt und mich angeschaut, ich habe nichts verstanden und genickt, und er hat sofort nach meinem Bierglas gegriffen, hat es, schon im Aufstehn, leergetrunken und sich rülpsend davongemacht. Um acht bin ich bereits im Hotelbett gelegen, aber die Hitze, die Helligkeit und ein lautes Gebläse im Innenhof haben mich wachgehalten. Ich bin mir schwergefallen. Ich habe das Gefühl gehabt, nach etwas suchen zu müssen. Das ist mir eher neu gewesen, überhaupt, es hat nie meiner Art entsprochen, auf meine innere Befindlichkeit besonders achtzugeben, nicht weil ich dies als Unart, als tadelnswerte Selbstbezogenheit empfunden hätte, nicht unbedingt, vielmehr weil mir, wie jedem wirklich tätigen, das heißt dem Außen zugewandten Menschen, die Zeit und eigentlich auch das Bedürfnis dazu fehlte. Nach zwei Stunden bin ich wieder aufgestanden, habe geduscht und mich frisch angezogen und bin ins nächste Restaurant gegangen. Der Wein hat mich beruhigt, ich habe keinen Anlaß mehr gesehen, mein Innenleben zu ergründen. Ich habe die Balkenkonstruktion im renovierten Raum studiert und dabei einmal mehr bedauert, daß ich von Statik wenig Ahnung hatte. Schwachstellen hat zwar jeder, und niemand wäre auf die Idee gekommen, mich ihretwegen in einen Abendkurs zu schicken, trotzdem hat es mich oft gewurmt, wenn ein Bauingenieur anläßlich der Besichtigung eines Restaurierungsobjekts den Taschenrechner ausgepackt und mir sekundenschnell bewiesen hat, daß eine Anregung von meiner Seite zwar nett, doch statisch unvertretbar sei. Ich habe einen weiteren Halben bestellt, und das Bild an der Wand, eine Fregatte mit geblähten Segeln, hat mir sehr gut gefallen. Ich bin zufrieden gewesen. Und ein paar Tische weiter ist eine Frau gesessen. Daß ihre wiederholten Blicke mir gelten könnten, habe ich zuerst nicht angenommen, ich habe, wie jedermann, der nicht an seinen Zauber glaubt, nach links und rechts und hinter mich geschaut, doch da ist niemand mehr gesessen, der blaue Blick hat mir gehört. Und meinen knappen Gegenblick hat sie mit einem knappen Nicken aufgefangen. Ich bin ratlos gewesen. Nach einer Weile hat sie den Zeigefinger vor ihr Gesicht gehalten und hin und her bewegt und mich fixiert. Ich habe mich, um Zeit und Fassung zu gewinnen, blind gestellt. Sie will, so habe ich gedacht, daß ich mich zu ihr setze, sie zeigt es mir verblüffend ungeniert, vielleicht ist das in Finnland Brauch, vielleicht hält man es hier, wo praktisch pausenlos gefroren wird, für angebracht und zweckvoll, wenn zwei Vereinzelte Kontakt aufnehmen. Und ist es nicht erfreulich, daß hier auch Frauen Freimut zeigen? Kurzum, nur meine Blödheit spricht dagegen, das Glas zu nehmen, an ihren Tisch zu gehn und ein, wer weiß, anregendes Gespräch zu führen, und diese Blödheit streife ich jetzt ab, und zwar so ungezwungen wie ein Graf den Handschuh. — Ich habe vor dem Aufstehn ein letztes Mal den Blick der jungen Frau gesucht. Sie hat, den Zeigefinger hin und her bewegend, in eine völlig andere Richtung, zu einem anderen Tisch geschaut. Der dortige Matrose ist sogleich aufgestanden und hat sein Glas genommen und sich zu ihr gesetzt. Ich bin gegangen.

Anderntags sind meine Augen schwach und langsam gewesen. Aus Pflichtgefühl habe ich wenigstens die Empiregebäude im Zentrum besichtigt, andere Sehenswürdigkeiten, die aufzusuchen ich mir vorgenommen hatte, habe ich nicht erreicht, ich bin nicht vorwärtsgekommen. In meinem Verdruß habe ich nur Verdrießliches gesehen und es für den Druck hinter meinen Schläfen verantwortlich gemacht. Verpfuschte Ferien, habe ich gedacht, nichts von Erholung, ich bin daran gehindert worden, mich zu erholen, und das Wetter ist immer zu heiß oder zu kalt gewesen, nie normal, und kaum ist man wehrlos im Latrinenhäuschen gesessen, haben die Schnaken von hinten und unten her angegriffen, nervenzerrüttendes Möwengeschrei, zwei lautlose Liebesakte in dreieinhalb Ferienwochen, immer die Angst, Hans könnte erwachen und dauernden Schaden nehmen, nie eine wirkliche, ehrliche, stockschwarze Nacht, und ewig gelingt es Regina, sich selbst zum Rätsel zu machen und mich zum rätselnden Tropf, und nächste Woche wieder das Amt und wieder der Schutz des Erbes, und legt man die gotischen Spuren frei, so tilgt man die barocken, Entscheidungsnot und Notmaßnahmen, Steinfraß und fallender Stuck, Fäulnis und Pilzbefall, Befehdung der Zeit.

Ich bin in ein Möbelgeschäft getreten und auf den Sessel zugegangen, dessen klare und anmutige Holzkonstruktion mir durch das Schaufensterglas hindurch aufgefallen war, ich habe den Angestellten gefragt, ob ich mich auf den Sessel setzen dürfe, und kaum bin ich im Sessel gesessen, hat mich mein Rappel verlassen. Ich habe das blonde Birkenholz der Armlehnen gestreichelt, und ich habe gespürt, wie rasch die dünne, leicht federnde Sitzschale aus geformtem Schichtholz meine Körperwärme angenommen hat. Währenddessen hat mich der Angestellte darauf hingewiesen, daß mein Sessel bereits in den frühen dreißiger Jahren entworfen und hergestellt worden sei, und zwar von Alvar Aalto, und zwar für ein Lungensanatorium im westfinnischen Paimio, das er, Aalto, damals gebaut habe. Im Wissen, daß vernickelte und verchromte Stahlmöbel dem kranken Menschen seelisch unzuträglich seien, habe der Architekt unter anderem diesen leichten, warmen und schmiegsamen Sessel entwickelt, Modell Paimio, ein Modell übrigens, das nach wie vor auf dem Markt sei und selbstverständlich auch von Gesunden geschätzt werde. Es hätte dieser Ausführungen nicht bedurft, um mich zu überzeugen; die Formalitäten sind schnell erledigt gewesen, und draußen bin ich nicht mehr geschlurft, sondern gegangen und vorwärtsgekommen.

11

Nehmen wir an, du sitzt, zusammen mit acht anderen, im Wartezimmer einer Arztpraxis, aber nicht als Wartender, sondern als Beobachter der Wartenden, als Forscher. Zu deiner Verwunderung hast du nämlich festgestellt, daß sich die Wissenschaft bisher mit allem befaßt hat, nur nicht mit dem Warten, und vielleicht wäre es sinnvoll, wenn du diesen bemerkenswerten Umstand im Schlußkapitel deiner geplanten Studie über das Warten zur Sprache bringen würdest. Du sitzt also und schaust. Ein Herr blättert in einer Zeitschrift. Ein anderer Herr blättert in einer anderen Zeitschrift. Eine Frau blättert in einer Zeitschrift. Ein Herr studiert die Arztdiplome an der Wand. Eine Frau strickt. Zwei Frauen unterhalten sich gedämpft. Ein Herr scheint zu denken oder nicht zu denken. Du weißt, daß alle acht Personen warten, du kennst ihr sichtbares Verhalten, und drittens merkst du jetzt, daß die Versuchsanordnung unklug ist und daß die Daten, die du hast, vollkommen wertlos sind. Es kann dir nicht einmal gelingen, einen Bezug zwischen dem äußeren Verhalten dieser Menschen und ihrem Status als Wartende herzustellen, denn auch Nicht-Wartende blättern, stricken, reden, denken oder denken nicht. Nur Arztdiplome studieren sie kaum, was leicht erklärbar ist, da Arztdiplome nur in Wartezimmern hängen.

Nehmen wir an, du verkraftest den Fehlschlag

und hast wenig später das Glück, einen Umlauf am kleinen Finger zu bekommen, der einen Arztbesuch notwendig macht. Du sitzt, zusammen mit acht anderen, im Wartezimmer. Du blätterst in einer Zeitschrift. Hast du nicht plötzlich das Gefühl, daß du nicht um des Blätterns willen blätterst? Scheint dir dein Blättern nicht ein wenig fahrig? Ist nicht der Augenblick, in dem die Tür sich öffnen wird und du gerufen wirst, für dein Bewußtsein vordringlicher als das, was du gerade liest? Liest du denn überhaupt? Wenn ja: Liest du nicht im Bewußtsein, daß du gerufen werden könntest, bevor du die Lektüre des Berichts beendet hast? Und nimmt dir der Gedanke an diese Möglichkeit nicht alle Sammlung? Freilich, wenn du nicht blättern und nicht lesen würdest, nur sitzen, nur an den Umlauf denken, nur darauf lauern, bis die Tür sich öffnet, dann wäre deine Lage noch beschwerlicher, die Wartezeit verginge kaum, und je mehr sie sich dehnte, als desto leerer und fahler empfändest du sie. Es scheint, sagst du dir jetzt zusammenfassend, daß alles Starren oder Harren auf ein Noch-Nicht das Jetzt seltsam entwertet. Es ist, als ob die Vorherrschaft des Künftigen und des Erwarteten die Gegenwart aufzehrte und ihres Eigenwerts beraubte. Bildlich: Du schaust gebannt zum Horizont, der Vordergrund verschwimmt, ist wie nicht da. Man könnte folgern, daß der Wartende nicht wirklich lebt, sofern man unter ›Leben‹ das aktuelle Hüpfen im Hier und Jetzt verstehen will, das Gehen über Wiesen, das Schlürfen eines edlen Tropfens, das wache Handeln, Schauen, Denken, kurz eben die Bewegung im Gegenwärtigen und die bewußte Wahrnehmung des Vordergrunds.

Nehmen wir an, dein Umlauf ist fachkundig behandelt und versorgt, du bist zu Fuß auf dem Heimweg. Da du dich stark mit deiner Studie beschäftigst, spürst du den Schmerz im kleinen Finger kaum. Du solltest übrigens, wenn du die Straße überquerst, trotzdem ein wenig aufmerksamer sein: soeben hat ein Autofahrer deinetwegen bremsen und Arschloch sagen müssen. Aber du kommst heil nach Hause, und es ehrt dich, daß du dich nicht einfach vor den Fernseher setzt, sondern Elisabeth, die sich verspätet hat, bei der Zubereitung des Abendessens helfen willst. Elisabeth ist leicht nervös, und wenn sie leicht nervös ist, gibt sie zu erkennen, daß du ein Schatz bist und trotzdem im Weg stehst. Du wartest in der Stube, du setzt dich hungrig vor den Fernsehapparat und wechselst fahrig die Sender. Das Essen verläuft nicht sehr gemütlich, denn ihr habt vor, ins Kino zu gehn, ihr müßtet eigentlich, wenn man die roten Ampeln in Betracht zieht, schon aufgebrochen sein. Der Film ist dann freilich eine Enttäuschung und will, da du nach kurzer Zeit schon auf sein Ende wartest, kein Ende nehmen. Zu Hause sitzt ihr noch ein wenig, Elisabeth blättert in einer Zeitschrift, du wechselst von Sender zu Sender, und eigentlich wartet ihr nur darauf, bis ihr mit Anstand ins Bett könnt.

Nehmen wir an, du schläfst nicht gleich ein, du denkst an deine Studie, du denkst an den vergangenen Tag, du wartest auf den Schlaf und merkst entsetzt, daß du die ganze Zeit auf etwas wartest. Nach einer Weile sagst du dir, als müßtest du dich selbst entlasten: Warten tun alle. Und zum Beweis erstellst du in Gedanken eine Liste. Gewartet wird zum Beispiel auf die Beförderung, auf eine Antwort, auf grünes Licht, auf die Verdauung, aufs Wochenende, auf den Kellner, auf Hochzeit, Niederkunft und Scheidung und auf die Lottozahlen, auf Regen, auf den Bus, auf Sonnenschein, auf die Periode, auf den Heizungsmonteur, auf das Ende der Periode, auf die Urteilsverkündung, auf Schnee, auf Derrick, auf die Pausenglocke, auf die Entwicklung der Ferienfotos, auf das Amen, auf ein Mittel gegen Haarausfall, auf Erlösung, auf die Gäste, aufs Wunschkonzert, aufs Resultat, auf den Orgasmus, aufs Jüngste Gericht, auf den Einfall, auf die Ankunft, auf den richtigen Zeitpunkt, auf die Post, auf bessere Zeiten und auf den Schlußpfiff. — O Himmel, fragst du dich, wer lebt denn noch, wenn alle warten? Du fragst mit Recht und müßtest, wenn du an deiner Definition des Lebens festhalten würdest, sagen: Niemand. Allein, du hast vielleicht voreilig definiert. Du bist doch Forscher und nicht Moralist, und trotzdem hast du das menschliche Verhalten an deiner Definition gemessen statt umgekehrt. Erst mußt du schauen, wie die Lebewesen wirklich leben, dann darfst du definieren und verallgemeinern. Ja? Also. Du drehst dich auf den Bauch, und wie von selbst entwickelt sich die schnittigste Begriffsbestimmung: Leben ist das, was alle tun; alle tun warten; also ist Leben Warten.

Nehmen wir an, du hast vor dem Einschlafen noch die Kraft zu zwei weiteren Folgerungen. Du sagst dir erstens: Wenn Leben Warten ist und Warten Leben, verzichte ich auf meine Studie, die Arbeit wäre end- und uferlos, das Scheitern sicher. Du sagst dir vielleicht zweitens: Wenn alle warten, dann ist die Lage meines Freundes Hatt, der sich in Anspielung auf das, worauf er wartet, einmal als Herzensdieb bezeichnet hat, dann ist Hatts Lage im Grunde und letztendlich, im Grunde und letztendlich —

Dein Faden reißt, du schlummerst ein. Mein Faden reißt, bis bald und nichts für ungut.

12

Meine Schwester — ich hoffe, du erinnerst dich — holte mich am Flughafen ab, und wenn dich meine Abschweifungen verwirren oder auch nur befremden sollten, so würde ich es umso mehr verstehen, als sie mich selbst verwirren und befremden, so wie mich alles verwirrt und befremdet, was mir, ohne daß ich es mit meiner sonstigen Zielstrebigkeit in Einklang bringen könnte, einfach unterläuft, obwohl es gerade mir, dem Selbstbeherrschung in die Wiege gelegt worden ist, nicht unterlaufen dürfte; nach Auskunft meiner Mutter bin ich zum Beispiel früher trocken gewesen als alle anderen Kinder und habe auch bedeutend seltener gequengelt und gebrüllt, aber daß ich jetzt auch noch die Kindheit auslote, brauchst du schon darum nicht zu befürchten, weil meine Schnur dafür zu kurz ist. Ich umarmte die Schwester der Spur nach, ich fühlte mich klebrig und glaubte aus dem Mund zu riechen. Sie schaute mich, die Hände an meinen Schultern, die Arme gestreckt, um den zum Schauen nötigen Abstand zu haben, eine Weile lang an, ich kam mir gegenständlich vor, und zugleich war mir, als blickte ich in einen Spiegel, denn am Gesicht meiner Schwester konnte ich ablesen, wie meines aussah. Was machst du für Sachen, sagte sie nur, und auf der Fahrt nach Hause nahm sie auf meine Erschöpfung Rücksicht und fragte wenig. Sie erzählte, daß Mutter wieder einmal depressiv sei — das ›wieder einmal‹ fand ich ein wenig lieblos, obwohl es sachlich richtig war — und daß sie Mutter aus diesem Grund geschont habe, die Mutter wisse also nicht, was mir zugestoßen sei, sie, die Schwester, habe es ihr auch dann nicht sagen wollen, als sie sich über das Ausbleiben einer Ansichtskarte von mir beklagt habe. Ich billigte die Zurückhaltung meiner Schwester, und ich sagte, so als müßte ich mich vor der Mutter entschuldigen, daß ich überhaupt niemandem eine Ansichtskarte geschickt hätte, das Schreiben von Ansichtskarten falle mir immer schwer, einerseits hielte ich eine bloße Grußformel für schäbiger als gar nichts, andrerseits widerspreche alles, was über eine schäbige Grußformel hinausgehe, dem ungeschützten Wesen einer Ansichtskarte. Was geschieht jetzt? fragte die Schwester, um zu zeigen, daß es nach ihrer Meinung Dringlicheres gab als meine Ansichtskarten. Jetzt fahren wir nach Hause, sagte ich, morgen ist Sonntag, morgen ruhe ich mich aus, am Montag gehe ich zum Hausarzt, dann sieht man weiter. — Ich könnte über das Wochenende bleiben, sagte die Schwester, du brauchst doch so etwas wie Pflege. Ich sagte, da ich das endliche Alleinsein, auf das ich mich schon während des Fluges gefreut hatte, gefährdet sah, daß ihr Angebot lieb sei, daß ich aber keinerlei Pflege und Beistand benötigte und ohnehin nur im Sinn hätte, auf dem Sofa zu liegen und Musik zu hören. Es würde mir aber keine Umstände machen, sagte die Schwester, und daß sie hinter meiner Abwehr Uneigennützigkeit vermutete, beschämte mich.

Ich stand noch gebückt in der Garderobe, schwer atmend und bemüht, einen Knoten im Schuhband zu lösen, als ich einen kleinen Schrei aus der Küche hörte. Was ist? rief ich. Ein Vogel, rief die Schwester. Ich ging in die Küche, Marianne zeigte auf meinen Lieblingsstuhl, der mir damals noch als Küchenstuhl diente und auf dessen Sitzfläche ein toter Buchfink lag. Um zu gewährleisten, daß die Wohnung während meiner Abwesenheit etwas belüftet wurde, hatte ich das Ausstellfenster offengelassen, hier mußte der Buchfink eingedrungen sein, und entweder war er beim Versuch, wieder zu entkommen, gegen die Scheibe geprallt, oder er hatte langsam verhungern müssen, die kalkigen, eingetrockneten Kotspuren, die überall zu sehen waren, schlossen weder die eine noch die andere Todesursache aus. Meine Schwester gab zu erkennen, daß sie mit dem Vogel nichts zu tun haben wollte, die Entfernung toter Lebewesen wird, warum eigentlich, immer den Männern überlassen. Ich nahm die Alu-Rolle aus der Tischschublade, riß ein großes Stück der Folie ab, faßte den Buchfink, dessen Augen und Schnabel geöffnet waren, bei den äußeren Schwanzfedern, und als ich ihn aufhob, hörte ich den zweiten kleinen Schrei meiner Schwester und sah, meinerseits schaudernd, auf der Sitzfläche des Stuhls Hunderte von winzigen Maden sich winden. Die Schwester stand starr, die Hand auf den Mund gedrückt, ich wickelte, um durch Tätigkeit meine Fassung zurückzugewinnen, den Vogel ins Silberpapier, warf das Paket in den Kehrichtsack und sagte zu

Marianne das, was ich beim Anblick des Gewimmels als erstes hatte denken müssen: Ich lasse mich kremieren. Die Schwester sagte: Ich mich auch.

Frau Guhl — sie kommt inzwischen wieder, packt wieder zu, betrachtet nebenbei die Narben an ihren Händen so versöhnlich und versonnen, als handle es sich um die Spuren von zwei Liebesbissen —, Frau Guhl hat mir einmal erzählt, was nach dem Ableben ihres Mannes, den sie, wie du vielleicht noch weißt, nach einer Klimawäsche-Werbefahrt gefunden hat, weiter geschehen ist. Zuerst sei der Arzt gekommen, habe den Tod ihres Mannes festgestellt und ihr dann kondoliert. Sie habe den Arzt gefragt, was sie jetzt machen müsse. Der Arzt habe gesagt, sie müsse sich raschmöglichst mit dem Bestattungsamt in Verbindung setzen, alles Weitere gehe dann automatisch. Dies habe sie getan. Der Bestattungsbeamte habe, nachdem sie ihm gemeldet habe, ihr Mann sei tot, wörtlich das Folgende gesagt: Mein Beileid, wie schwer war er, wie groß? — Sie habe leer schlucken müssen und den Sinn der Frage nicht sofort verstanden, worauf der Bestattungsbeamte erklärt habe, es gehe um den passenden Sarg. Sie habe das ungefähre Maß und Gewicht ihres Mannes angegeben, und der Beamte habe weiter gefragt, ob der Verstorbene kremiert oder erdbestattet werden solle. Diese Frage habe sie, da ihr der Wunsch ihres Mannes seit Jahren bekannt gewesen sei, ohne Zögern beantworten können: Kremiert. — Gut, habe der Beamte wörtlich gesagt, dann nehmen wir Tanne unlakkiert, wissen Sie, wegen dem Umweltschutz. — Nach einer halben Stunde sei bereits der Leichenwagen vorgefahren. Die beiden Männer hätten zuerst das Treppenhaus in Augenschein genommen, dann den Sarg in die Wohnung gebracht. Einer der beiden habe sich zu ihrem Mann niedergekniet, und während seines Versuchs, den Unterkiefer ihres Mannes nach oben zu drücken, habe er, der Angestellte, den Kopf gedreht, schräg zu ihr aufgeblickt und, da er offenbar nicht informiert gewesen sei, nochmals die Frage gestellt, ob der Verstorbene kremiert werde. Ja, habe sie gesagt. Dann lassen wir's, habe der Angestellte gesagt und sich nicht länger um Gottfrieds Kinn bemüht. Während der Einsargung sei sie am Fenster gestanden, fast steinern, ohne Gefühle, zum Schluß habe sie den beiden Männern, wahrscheinlich unpassenderweise, noch ein Trinkgeld gegeben, was sie unterlassen hätte, wenn ihr zu jenem Zeitpunkt die horrenden Todesfallkosten schon bekannt gewesen wären, der Sarg allein habe fünfhundertsiebenundsiebzig Franken gekostet, obwohl sein Zweck allein darin bestanden habe, die sterbliche Hülle ihres Mannes ins Krematorium zu transportieren, die Todesanzeige und die Danksagung in der Zeitung fünfhunderteinundneunzig, die Gesamtkosten hätten sich auf über fünftausend Franken belaufen, es reue sie ja nicht, gewiß nicht, sie finde es nur bedenklich, wie die aus Pietätsgründen wehrlosen Hinterbliebenen übervorteilt würden, als relativ anständig habe sie einzig die Rechnung des Feuerbestattungsvereins empfunden, die zweihundertneunundachtzig Franken betragen habe, wozu dann allerdings noch die Beisetzungskosten von dreihundertdrei Franken gekommen seien, vom Grabstein zu schweigen.

Meine Schwester nahm mir wenigstens die Maden ab, versprach, sie beiseite zu schaffen, und schickte mich in die Stube. Ich setzte mich an den runden Tisch, der damals noch hier, in der Mitte des Zimmers stand, er kam mir so neuartig vor wie alle anderen Möbel und Gegenstände, nach jeder Reise fremdeln die vertrauten Dinge und zeigen sich von einer anderen Seite, man schaut sie wieder einmal an, ich sah auch, daß ein Bild schief hing, daß sich an einer Rippe des Heizungsradiators der Anstrich schuppig schälte. Es wurde dunkler, die Schwester summte in der Küche, plötzlich, grundlos, befiel mich eine Angst, wie ich sie nur aus Träumen kannte. Als Marianne in die Stube kam, Licht machte und mich fragte, ob ich Lust auf ein Süppchen hätte, bat ich sie heiser, über Nacht zu bleiben.

Am Sonntag genoß ich das angenehmste Vollbad und das überzeugendste Frühstück meines Lebens, ich fühlte mich gut und neu und überraschte meine Schwester mit einer umfassenden, geradezu farbenprächtigen Schilderung meiner Erlebnisse, wobei ich, ohne zu wissen, ob ich es begrüßen oder bedauern sollte, merkte, daß sich das Erlebte mit jedem Satz entschärfte, ja entwirklichte. Am Radio habe ich einmal gehört, wie ein Schriftsteller gefragt worden ist, warum er schreibe — eine Frage übrigens, die nur Schriftstellern gestellt wird, noch nie ist ein Geiger gefragt worden, warum er geige, nur Mörder und Schriftsteller fragt man nach dem Motiv ihrer Tätigkeit —, der Schriftsteller hat geantwortet, er schreibe, um der Wirklichkeit standzuhalten. Das tönt sehr tapfer. Und braucht trotzdem nicht mehr zu heißen, als daß Erzählen eine Technik ist, die dazu dient, der Wirklichkeit das Wirkliche zu nehmen, das unerträglich Scharfe und also Schneidende. Gern wird ein Gnädiger die Umwandlung der Welt in Sätze als eine Form des Standhaltens begreifen, der Strenge aber ahnt darin mit gleich viel Recht nur Feigheit vor dem Feind. So oder so, wer Überstandenes erzählt, der übersteht das Überstandene zum zweitenmal und fühlt sich munter, auch wenn er manchmal weiß, daß alle Fabuliererei nur provisorisch rettet: Das Ende läßt sich nie erzählen.

Ein langjähriges Vertrauensverhältnis gab mir den Mut und das Recht, meinen Hausarzt noch am Sonntagabend in seiner Privatwohnung anzurufen, und Doktor Berger, besorgt und nicht im mindesten unwirsch, bestellte mich auf Montag morgen, neun Uhr, und wäre, hätte ich ihn nicht beruhigt, sogar bereit gewesen, mich noch am selben Abend ein wenig anzuschauen, wie er sagte. Dann telefonierte ich mit meiner Mutter, ich fragte, wie es ihr gehe, ach ja, ach ja, es geht, es geht halt, wie der Herrgott will, und du, bist du nicht in Algerien gewesen? — Nein, in Tunesien. — So, in Tunesien, ja, es gibt viele Länder, ich wäre gern gereist, Vater ist lieber zu Hause geblieben, die Zeit vergeht. — Eigentlich hatte ich mir vorgenommen, der Mutter die Wahrheit zu sagen, und zwar aus der Überlegung heraus, daß sich ihre dumpfe Gedrücktheit dadurch vielleicht in eine leichter erträgliche, gleichsam zielgerichtete Sorge verwandeln könnte, aber als ich sie dann so schleppend, monoton und unbeteiligt sprechen hörte, war es mir unmöglich, mehr zu sagen, als daß es mir ordentlich gehe, daß sie gut zu sich schauen solle, daß auf Regen Sonnenschein folge und so fort, und aus lauter Verstimmung über meine hilflosen Formeln verabschiedete ich mich überstürzt.

Seit Mariannes Abfahrt am späten Nachmittag war überhaupt viel Ungeduld und keine Ruhe mehr in mir, kaum hatte ich eine Schallplatte aufgelegt und die ersten Takte gehört, merkte ich, daß gerade diese Musik im Augenblick die falsche war, ich versuchte es mit einer anderen, die abermals die falsche war, eine hektische halbe Stunde mußte vergehen, bis ich es aufgab. Ich ging herum und hockte herum und grübelte dem Widersinn nach, daß man anscheinend Wünsche haben konnte, ohne dem Erwünschten gegenüber empfänglich zu sein, und dieser Gedanke brachte mich darauf, daß ich mich eigentlich nach etwas Süßem sehnte, nach Schokolade. Erfolglos suchte ich die Küche ab, meine Schwester hatte vieles eingekauft, nur keine Schokolade. Ich setzte mich an den Küchentisch, stand aber gleich wieder auf, da die Sitzfläche des Stuhls, die Marianne gründlich abgewaschen hatte, noch immer feucht war. Auf dem Schreibtisch im Arbeitszimmer lag eine Schachtel Zigaretten, ich glaubte, nie zuvor eine rabiatere Gier empfunden zu haben, ich ging, mit einer Zigarette zwischen den Lippen, das Feuerzeug in der Hand, weiter in der Wohnung herum, endlos schien mir das Kampfgetümmel in meiner Schädelkapsel; warum ich der Versuchung, die Zigarette anzuzünden, widerstand, obwohl ein kleines Räuchlein mich sicher nicht getötet hätte, weiß ich nicht, weiß nur, daß ich im Anschluß an den Sieg vorübergehend etwas Ruhe fand. Zu wenig allerdings, um endlich das zu tun, was mir bis anhin nie gelungen war: mich nüchtern und gesammelt mit meiner Zukunft zu befassen. Ich hatte es unterlassen, mit Doktor El Kadhi darüber zu sprechen, was ein überstandener Herzinfarkt für das weitere Leben bedeutete, mit welchen Gefahren, mit welchen Einschränkungen ich zu rechnen haben würde, ich hatte mich weder für die Ursachen noch für die Folgen der Attacke ernsthaft interessiert, aber wenn ich sagen würde, daß mir allein das Wissen, den Schlag des Sensenmanns pariert zu haben, ausreichend vorgekommen sei, so wäre auch das nicht ganz richtig, weil ich das Wissen gar nicht wirklich hatte, besser gesagt, weil das Gewußte nicht zum Gefühlten werden wollte. Ein überstandener Tod — verzeih mir diese zweifelhafte Wendung — scheint unserem Herzen fast so unglaubhaft und fast so wenig faßbar wie einer, der bevorsteht. Auch kreisten meine Gedanken damals im Spital so sehr um die Entlassung, in der ich schon die Rettung sah, daß ihnen alle Aussicht auf Ferneres verstellt war.

Heute geht es mir übrigens wieder ähnlich, auch wenn ich es mißbillige und mich dagegen wehre: Ich merke einfach, wie das geplante medizinische Projekt den Blick einengt und die Gedanken kurzhält, wenn sie in jene Zukunft schweifen wollen, um derentwillen es doch eigentlich verwirklicht werden soll. Aber, so versuche ich meine Kurzsichtigkeit zu rechtfertigen, macht sich ein abgestürzter Alpinist in einer Gletscherspalte Gedanken über seine Zukunft? Malt er sich aus, wie er nach der erhofften Rettung leben wird? Soviel ich weiß, denkt er nur an den Helikopter und sonst an nichts. Du könntest demnach deine Studie zum Thema ›Warten‹ mit einer weiteren Mutmaßung anreichern: Ein starkes Warten trübt nicht nur die Wahrnehmung der Gegenwart, es bindet auch die Phantasie, verstopft den Schoß der Zukunft, vernebelt unsere Sicht auf das, was nach der Zeit des Wartens kommen mag.

Nachdem ich Doktor Berger angerufen hatte, dachte ich wieder nur an die vereinbarte Konsultation, sie erst, sagte ich mir, würde Klarheit bringen und mich dazu befähigen, über den Tag hinaus zu denken. Ich wurde wieder flackrig, ging wieder durch die Wohnung und überlegte, mit wem ich noch Kontakt aufnehmen könnte. Ich dachte auch an dich, an die unermeßliche Ferne Neuseelands, an unsere gegenseitigen Lebenszeichen, die sich im Lauf der Jahre zu Weihnachtsgrüßen verdünnten, auch an Regina dachte ich natürlich, wollte mich aber, so ungesammelt wie ich war, nicht bei ihr melden, und ich versuchte Laura zu erreichen, die nicht zu Hause war und deren Nichterreichbarkeit ich stets in Kauf genommen hatte, weil jede lose Bindung ihren Preis hat. Du mußt wissen, daß ich seit Reginas Rückzug vor nunmehr vier Jahren und acht Monaten nicht immer nur mönchisch gelebt habe, ich habe die eine oder andere Bekanntschaft gemacht, den einen oder anderen Anlauf genommen, das Verlangen des Fleisches sah ich gewöhnlich gestillt, nicht weniger, nicht mehr trotz Hoffnung auf Umfassendes. Es ist mir, merke ich gerade, fast so ergangen, wie ich es vorhin in anderem Zusammenhang beschrieben habe: Ich hatte zwar Sehnsüchte und Wünsche, schien aber unempfänglich für die Erfüllung. Die Haut, meine Haut und jene der Frauen, ist kaum zum Medium geworden, was allerdings nicht heißt, daß sich die Häute nur seellos aneinander reiben konnten. Seellos sind eher die Gewohnheitsreibereien der immergrünen Ehepaare, dies ist bekannt, bekannter jedenfalls als die Erfahrung, daß es Behutsamkeit und Lust auch ohne Liebe gibt, sofern wir sie, die Liebe, nicht zur Bedingung allen Spürens machen. Nun ist es wirklich nicht so, daß mir, aus welchen Gründen auch immer, einfach die Bereitschaft zu einer neuen Beziehung gefehlt hätte; aber ich merkte, wie empfindlich mein Geschmack mit den Jahren geworden war, welch schweren Stand die Frauen, die ich kennenlernte, hatten. Geringfügigkeiten störten mich maßlos. Das Nebensächlichste ließ mich erstarren. Ein Wort, eine Bewegung, und ich war auf der Flucht. Die Frauen trifft kein Hauch von Schuld. Ich korrigiere mich, ein Hauch von Schuld trifft auch die Frauen. Wie, beispielsweise, kommt eine Frau auf die Idee, mich in der ersten Nacht schon Häsli oder Spatz zu nennen, obwohl ich Lorenz heiße? Und bitte, wenn ich auf einem Stubensofa sitze und hören muß, wie eine Frau, die vorher eine CD mit dem Titel ›Musik zum Träumen‹ eingeschoben hat, sich auf der Toilette, Verzeihung, stutenhaft entleert, was, lieber Himmel, kann ich dann für meinen Stimmungsabfall? Lappalien, ich weiß, ich könnte auch ganz anderes erzählen, Bedeutungsvolleres, doch zeigen diese Winzigkeiten besser, wie irritierbar ich geworden war. Am längsten und am besten ist es mit Laura gegangen, sie war sehr schalkhaft, wach, warm und unverläßlich.

Laura ist also nicht erreichbar gewesen, ich bin gesessen und habe mir augenblicksweise eine Stube voller Kinder gewünscht, dann bin ich ins Schlafzimmer gegangen, habe mich ausgezogen, habe auf dem Kopfkissen den großen Glückskäfer aus Schokolade entdeckt, den meine Schwester als Gutnachtgruß unbemerkt hingelegt hatte und der mich jetzt nur noch rührte, aber nicht mehr reizte, ich bin unter die Decke gekrochen und ein wenig betrübt gewesen, weil mich das Gefühl der Verlorenheit auch im eigenen und lang entbehrten Bett nicht hat verlassen wollen.

Des Ritters Rückzug von der Welt war nicht so trostlos radikal, daß er fortan in einer Höhle hauste, von jeder Menschenseele meilenweit entfernt.

Die Rodung, die er als einzigen Besitz behalten hatte, wurde durchaus beackert und gepflegt, und zwar von einem Bauern, den er, der Ritter, in seinen guten Tagen nie kujoniert, nie ausgebeutet hatte, und dieser Bauer vergalt ihm seinen Edelmut und nahm ihn auf und schenkte ihm Geborgenheit. Freilich, begreiflich, der Aussatz ihres Herrn und Gastes hielt die Familie — der Bauer hatte Frau und Kinder — von einem allzu regen Umgang ab. Nur eins der Töchterchen, ein über alle Maßen liebliches Geschöpf, wich nicht von seiner Seite. Die Reine sah in ihm den Reinen, und sie umhegte ihn. Der Ritter seinerseits, bewegt, berückt, ließ es an Zeichen seiner Zuneigung nicht fehlen, beschenkte sie mit Spiegelchen, mit Fingerringen und so fort und nannte sie sein Bräutlein.

Drei Jahre gingen ins Land, der Tod indessen zögerte, was auch dem Bauern recht war, denn seine Furcht, daß ihn der Tod des Ritters um seinen Stand und Wohlstand bringen könnte, da jeder neue Herr hartmütiger sein würde, war groß, so groß, daß er den Ritter, im Beisein der Familie, einmal zu fragen wagte, warum die weltberühmten Ärzte zu Salerno ihn eigentlich nicht hätten heilen können. Der Ritter wich der Frage zuerst aus und sprach von seinen Lebensfehlern; er habe, sagte er, in seinen Sonnentagen die Quelle aller Wärme nicht gewürdigt. Er habe, wie jeder Tor geblendet durch die Gunst und Güte des Geschicks, die Augen vor dem Schickenden verschlossen. In seiner Blindheit bestehe die Schuld, in seiner Krankheit die Strafe. Was nun Salerno betreffe, so habe man ihm dort eröffnet, daß nur das Herzblut einer Jungfrau, durch einen kardialen Messerschnitt gewonnen, ihn retten könnte, und da sich auf der Welt naturgemäß kein Mädchen finde, das dieses Opfer auf sich nehme, sei er naturgemäß in Bälde am Ende seiner Bahn.

Still hatte auch das Töchterchen gelauscht, still und bewegt, und nachts — es lag wie immer zu Füßen seiner Eltern — benetzten seine Tränen die Haut der Schlummernden. Darob erwachten sie. Und fragten mehrmals, was denn geschehen sei, bis daß die Tochter die halbe Wahrheit sagte: Daß sie das ungewisse Schicksal, das ihnen allen nach dem Tod des Ritters drohe, bekümmere. Die Eltern begriffen sie sehr wohl und meinten trotzdem sachlich, der Kummer helfe weder ihrem Herrn noch ihnen. Allein, die Traurigkeit verließ die Tochter nicht, und in der nächsten Nacht — sie weinte, von tiefstem Mitgefühl ergriffen, abermals — beschloß sie, sich zu opfern. Und der Entschluß erhellte ihr Gemüt.

Ich will und werde, sprach sie zu ihren Eltern, die, aufgeweckt durch ihr Gezappel, fragten, warum sie so nervös sei, ich will und werde für unseren Ritter sterben. Nichts ließen die schockierten Eltern unversucht, um ihre Tochter zur Vernunft zu bringen, nichts half, am wenigsten die väterliche Drohung, sie übers Knie zu legen. Die Kindfrau brachte Argument um Argument vor, sie sprach und sprach und überrollte ihre Eltern mit einer fieberhaften Eloquenz; nur ihren, wie ich glaube, wichtigsten Beweggrund verhehlte sie. Ich käme an kein Ende, wenn ich die seitenlangen Reden der Tochter wiedergeben müßte, hier also nur zwei von ihr angeführte Gründe, die mir besonders eingeleuchtet haben: Noch sei, so sagte sie, ihr junger Leib und ihre junge Seele rein und frei von sündigen Gelüsten, noch sei sie unempfänglich für jene Süßigkeiten, die der Versucher überall ausstreue, damit die Menschen in die falsche Richtung liefen, nämlich vom Himmel weg. Allein, sie werde älter, anfälliger und ansprechbarer, und darum wolle sie, bevor sie den Verlockungen erliege, rein, wie sie sei, zu Gott heimkehren. Und überhaupt und zweitens: Die Welt sei unhaltbar, ein Haufen Mist, freilich getarnt mit feinstem Seidenstoff. Staub und Nebel sei das Leben, und was beständig scheine, das bibbere wie Laub, kurzum, sie habe alles satt und sterbe gern.

Die Eltern, aufs äußerste bestürzt — nie hatten sie ihr Kind so reden hören —, glaubten nichts anderes, als daß der Heilige Geist ihm seine Worte geliehen habe und daß des Kindes Opferwille mithin auch Gottes Wille sei. Sie stimmten schweren Herzens zu. Die Tochter aber tanzte im ersten Morgenglanz zum Schlafgemach des Ritters.

13

Punkt neun Uhr war ich in der Praxis, ich übergab Doktor El Kadhis Umschlag der Arztgehilfin, die mich gleich auf die Toilette schickte, ich kannte mich aus, öffnete das Türchen der Durchreiche zwischen Toilette und Labor, nahm den Glaskelch heraus, las wieder einmal die gar nicht so leicht zu befolgende Anweisung an der Wand, daß Anfang und Ende ins WC abzulassen seien, der Mittelstrahl hingegen ins Glas. Dann, noch bevor ich Doktor Berger zu Gesicht bekommen hatte, führte mich die Arztgehilfin zwecks Vornahme eines EKGs in einen Nebenraum, hieß mich den Oberkörper frei machen sowie Schuhe und Socken ausziehen und auf dem Rollbett Platz nehmen, sie befestigte die Elektroden an Fuß- und Handgelenken und über dem Herzgebiet und stellte den Apparat an. Das Ergebnis, den mit drei Kurven bedruckten Millimeterpapierstreifen, schaute sich die Arztgehilfin, vor der ich mich übrigens ein wenig genierte, da ich über dem Bauchnabel zwei kleine und eines Mittvierzigers unwürdige Pusteln hatte, kopfschüttelnd an und sagte, da könne etwas nicht stimmen. Sie setzte den Apparat noch einmal in Betrieb, aber das zweite EKG schien mit dem ersten identisch, denn Fräulein Fausel schüttelte wieder den Kopf. Ich bat sie, mir den Streifen zu zeigen. Sie wies auf die unterste der drei Kurven, deren Ausschläge zu Beginn normal aussahen, dann aber plötzlich und über eine Strecke von zirka sieben Zentimetern abgelöst wurden durch eine unregelmäßig und winzig gezackte Abwärtslinie, die selbst einem Laien Angst einjagen mußte. Ich solle bitte einen Moment warten, sagte die Arztgehilfin, sie wolle die Sache schnell dem Herrn Doktor zeigen. Ich lag. Nie, so erinnerte ich mich, war mir im Spital von Tunis ein derartiges EKG begegnet, und Doktor El Kadhi hatte mir manches vor Augen geführt. Mußte ich daraus nicht schließen, daß alles noch viel schlimmer war, als Doktor El Kadhi vermutet hatte, daß Doktor El Kadhi seine Diagnose womöglich auf ein defektes, jedenfalls auf ein veraltetes EKG-Gerät abgestützt hatte, das gar nicht in der Lage war, ein differenziertes Kurvenbild zu liefern? Ich dachte an die Schweizer Entwicklungshilfe, die ja zum Teil darin besteht, ausrangiertes Gerät, dessen Verschrottung kostspielig wäre, zu einem günstigen Preis an die bedürftigen Länder abzugeben. Frau Fausel kam zurück und sagte, es müsse sich um einen Wackelkontakt handeln. Sie prüfte die über der Herzgegend angebrachten Elektroden, und eine davon war tatsächlich schadhaft und wurde von ihr ausgewechselt. Im dritten EKG fehlte dann die gezackte Abwärtslinie, und ich durfte mich ankleiden.

Eine andere Arztgehilfin, sie mußte neu sein, ich sah sie zum erstenmal, entnahm mir Blut; ihr naher Mund, harmonisch, leicht geöffnet, erlöste mich irgendwie vom Gefühl der Geschlechtslosigkeit, das mich seit Karthago begleitet hatte, und der Anblick meines Blutes, mit dem sich der kalibrierte Spritzenzylinder langsam füllte, verstärkte meine Empfindung, daß die Zeit der Dürre vorbei sei. Gern hätte ich mich vorgebeugt, um alles mit einem Kuß zu besiegeln, und wieder einmal bedauerte ich, in einer Welt zu sein, in der von tausend Regungen kaum eine halbe salonfähig ist. Ich spaße nicht, ich glaube, dieser Übelstand erklärt den größten Teil der Trübsal, die auf uns lastet. Ich weiß nicht, wie es dir geht, ich aber habe mich bis heute nie so recht abgefunden mit der monströsen Diskrepanz zwischen der Buntheit der Vorstellungen und Impulse und der Armut des Verhaltens. Da schenkt uns die Natur solch ein Gehirn, und die Kultur gewährt ihm keinen Auslauf. Ist das nicht traurig? Hat es nicht jede Katze besser?

Im Wartezimmer, wo ich noch etwas sitzen mußte, bevor mich Doktor Berger holen kam, nahm ich mir vor, nach meiner Wiederherstellung ein bißchen anders zu leben, ein bißchen flüssiger und katzenhafter, ich nahm mir vor, die Grenze zwischen Phantasie und Tat durchlässiger zu machen und wenigstens, vielleicht in einem ersten Schritt, all jene Fesseln zu sprengen, mit denen ich mich selbst gebunden hatte. Freilich, sagte ich mir, ungeküßte Küsse würde es auch dann noch geben, weil ja, wie ich schon im Konfirmandenunterricht gehört hatte, die Freiheit des Ich begrenzt wird durch die Freiheit des Du. Wenn ich also Fräulein Bösch — so hieß die Arztgehilfin mit dem leicht geöffneten Mund — bedürfnisgemäß geküßt hätte, dann wäre das zwar ein spontaner Akt gewesen, von ihr aber eher als Eingriff empfunden worden. Und hätte ich vorher um ihr Einverständnis ersucht, wäre der Akt schon entwertet, weil nicht mehr spontan gewesen. Aus diesem Sachverhalt war eigentlich zu folgern, daß wir, zumindest auf erotischem Gebiet, wahrscheinlich aber auch in weiteren Bereichen, immer nur vor der Wahl stehen, uns entweder gegenseitig zu vergewaltigen oder auf Spontaneität zu verzichten und uns — Hühnerhaut hin oder her — der echten Begegnung zu widmen.

Doktor Berger hatte die Unterlagen Doktor El Kadhis vor sich liegen, er äußerte sich vorerst weder dazu noch zum neuen EKG oder zu den aktuellen Laborbefunden, sondern er bat mich, ihm den genauen Hergang der Begebenheiten in Karthago zu schildern. Dies tat ich. Und die Geschichte löste sich, nachdem ich sie ja schon Doktor El Kadhi und meiner Schwester erzählt hatte, um ein weiteres Stück von mir ab; die teils gleichen Wendungen und Sätze, die ich wieder brauchte, verstärkten meinen Eindruck, von einem Fremden zu berichten: In der Urfassung waren die Gefühle, die ich während des Erlebens gehabt hatte, noch irgendwie anwesend, in der Wiederholung aber schwangen sie nicht mehr mit, vielleicht ist das der Grund, warum mir meine Geschichte nicht nur unwirklich, sondern auch unwahr vorkam und warum ich bei manchen Sätzen sogar eine Art Leichengeruch auf der Zunge zu spüren glaubte, obwohl mir natürlich klar ist, daß man auf der Zunge keinen Geruch spüren kann. Doktor Berger notierte sich einiges, nickte gelegentlich, unterbrach mich selten, maß mir, als ich geendet hatte, den Blutdruck, hörte mein Herz ab und sagte, daß er die Diagnose seines tunesischen Kollegen vorläufig bestätigen könne und dessen Maßnahmen billige. Mein Allgemeinzustand sei den Umständen entsprechend erfreulich, indessen drängten sich weitere Abklärungen auf, weshalb er mich noch an einen Spezialisten überweise respektive bereits überwiesen habe, Termin Dienstag morgen, acht Uhr und nüchtern. Er glaube nicht, sagte Doktor Berger, daß ich nochmals hospitalisiert werden müsse, hingegen werde er mir einen vierwöchigen Kuraufenthalt in einer geeigneten Rehabilitations-Klinik verschreiben, den ich, falls der Kardiologe nicht anders entscheide, in einer Woche antreten könne, ob mir das recht sei. Ich fragte, ob ich mich nicht zu Hause erholen und meine Arbeit früher als erst in fünf Wochen wieder aufnehmen könne. Herr Hatt, sagte Doktor Berger, erstens haben Sie keine Grippe gehabt, sondern einen Herzinfarkt, und zweitens hat die Pflege Ihrer selbst jetzt Vorrang vor der Denkmalpflege. — Dies hörte ich nicht ungern, auch wenn ich mir die Folgen meiner langen Abwesenheit nur katastrophal vorstellen konnte, denn Dümperli, mein Assistent, war damals, vor acht Monaten, noch nicht einmal richtig eingearbeitet. Doktor Berger sagte weiter, es sei — auch im Sinne der Prävention eines Zweitinfarkts — äußerst wichtig, daß ich über die Risikofaktoren Bescheid wisse. Mir sei, antwortete ich, bekannt, daß Übergewicht, Bewegungsmangel und Tabakgenuß zu den Risikofaktoren gehörten, und da die beiden ersten für mich eindeutig wegfielen, bleibe eigentlich nur das Rauchen, das ich inzwischen eingestellt hätte. Richtig, sagte Doktor Berger, und ich entnehme meinen Unterlagen, daß ich bei Ihnen nie einen erhöhten Blutdruck oder einen erhöhten Blutfettgehalt habe feststellen müssen — dies sind zwei weitere wichtige Faktoren —, allerdings sind die letzten Werte, die mir vorliegen, schon fast anderthalb Jahre alt, und Ihr praktisch normaler Blutdruck von heute dürfte auf die Medikamente zurückzuführen sein, die Sie zur Zeit einnehmen. Stehen Sie beruflich oder privat unter Streß? — Privat nicht unbedingt, sagte ich, beruflich vielleicht schon ein wenig. — Sie werden kürzertreten müssen, sagte der Arzt und fragte noch, ob in meiner Familie — Eltern, Großeltern — Herzerkrankungen vorgekommen seien, was ich verneinte. Doktor Berger räusperte sich, massierte mit dem Mittelfinger der rechten Hand den linken Tränensack und sagte weniger zu mir als zu sich selbst: Aus heiterem Himmel kommt kein Blitz. — Obwohl ich vom Gegenteil überzeugt war, nahm ich keine Stellung, sondern fragte, wie ich mich in den kommenden Tagen verhalten müsse, was ich dürfe und nicht dürfe, und Doktor Berger meinte, ich solle mich schonen und entspannen, täglich zwei kleinere Spaziergänge machen, die neuen Medikamente, die er mir gebe, regelmäßig einnehmen, keinesfalls rauchen und mir bisweilen getrost ein Gläschen Rotwein gönnen. Fast hätte ich, durch diesen letzten Hinweis übermütig geworden, noch rasch gefragt, wie es mit anderen Spontanbetätigungen stehe, doch Doktor Berger drückte mir schon fest die Hand.

Auf dem Heimweg holte ich meine Ferienpost ab, Zeitungen, Rechnungen, kaum Amtliches, kaum Privates, die Zeitungen legte ich zum Altpapier, widmete mich, am Stubentisch sitzend, nur der neuesten Ausgabe, auf deren Frontseite die aktuellen Ereignisse unter dem Titel ›Sozialismus im Abwind‹ mit schlafwandlerischer Selbstgefälligkeit kommentiert wurden, so als geschähen sie nur uns zuliebe, nur zu dem Zweck, uns recht zu geben und uns das hohe sittliche Kaliber unserer Bäuche zu bescheinigen. Im Wirtschaftsteil stieß ich auf die Schlagzeile ›Sojabohne im Aufwind‹, und hinter der Gleichartigkeit der Titel sah ich die Absicht, den Unterschied zwischen Sozialismus und Sojabohne zu verwischen und beide als Produkte darzustellen, die sich, wie jedes Produkt, entweder im Auf- oder im Abwind befinden. Allem Anschein nach begann sich in den Köpfen ein Weltbild einzunisten, das sämtliche Erscheinungen nur noch danach klassifizierte, ob sie im Trend oder nicht im Trend, in oder out waren, und diese zwei Prinzipien lieferten auch den Maßstab zur Bewertung der Phänomene, unmöglich konnte gut oder schön sein, was vom Abwind erfaßt war. Daß dieses windige Weltbild irgendwann selbst in einen abwärts gerichteten Luftstrom geraten könnte, wagte ich nicht zu hoffen, ich bin immer ein schlechter Hoffer gewesen, und ich habe irrigerweise immer geglaubt, die Hoffnungsschwäche sei das Amulett, das mich vor Schlägen bewahre.

Kurz vor zwölf Uhr rief ich den Direktor des Baudepartements, meinen Vorgesetzten, an, ich schätze ihn, ich mag ihn, der Mann hat keinerlei Allüren, er tut das Nötige, das zumeist Rechte mit warmer Unbeirrbarkeit — es gibt auch eine kalte — und ist trotzdem gelenkiger als viele Jüngere, die außer Dünkel und verworrener Dynamik nichts zu bieten haben. Ich sprach, zu seinem ungeheuchelten Entsetzen, von meiner Ferienattacke, und wir vereinbarten ein Treffen für den Nachmittag.

Herzlich empfing er mich, und herzlich bat er mich, nachdem ich ihn über den offenbar notwendigen Erholungsurlaub informiert hatte, mir keine über meinen Gesundheitszustand hinausgehenden Sorgen zu machen, man werde sich im Amt für Denkmalpflege einzurichten wissen, und damit wolle er nicht sagen, daß ich ersetzbar sei, wohl aber eine Zeitlang, so gut es eben gehe, durch Dümperli, mit dem er schon gesprochen habe, vertretbar. Er äußerte sich über Dümperli so wohlwollend, daß ich mir fast vorwerfen mußte, die Qualitäten Dümperlis bislang ein wenig unterschätzt zu haben. Ich hatte ja am Anfang auch einen ziemlich positiven Eindruck von ihm gehabt, der sich dann im Verlauf eines halben Jahres, vielleicht zu Unrecht und nur aufgrund bestimmter Eigenheiten — Dümperli sagte zum Beispiel rölativ statt relativ und schweißelte schon damals — etwas verflüchtigt hatte.

Ich fühlte mich nach der Besprechung mit dem Baudirektor bedeutend leichter, es fiel mir endlich ein, daß der gesamte Kram, falls ich gestorben wäre, auch ohne mich erledigt hätte werden müssen und zweifelsfrei erledigt hätte werden können. Als ich dann nachmittags ins Büro kam und Dümperli an meinem Schreibtisch sitzen sah, erschrak ich doch ein wenig. Sofort schwang er sich auf, schüttelte mir die Hand und rief, er sei sehr, sehr betroffen, was mir wahrscheinlich auch dann zu glauben schwergefallen wäre, wenn er ein anderes, erträglicheres Wort verwendet hätte. Ich brauchte ihn, da er schon informiert war, nicht mehr ins Bild zu setzen, und ich ernannte ihn zu meinem Stellvertreter für die nächste Zeit, nicht ohne mich für die große Mehrarbeit, die ich ihm verursachte, knapp zu entschuldigen. Er wehrte ab, er sprach von Herausforderung, mit wachsenden Aufgaben, sagte er, wachse die Kraft, und er berichtete ausführlich über seine Aktivitäten während meiner Abwesenheit. Nicht daß er sich dabei offen oder übermäßig gerühmt hätte, das nicht, aber immerhin flocht er Bemerkungen ein, die Rückschlüsse auf seine Tüchtigkeit nicht nur erlaubten, sondern nahelegten. Ich gab mir Mühe, mich über seine anscheinend neueste Marotte, die darin bestand, daß er fast jeden Satz mit der Wendung »Ich denke, daß ...« einleitete, nicht aufzuregen, und anerbot mich, ein paar Baueingaben und Subventionsgesuche, die ihm eingestandenermaßen Kopfzerbrechen machten, zum Studium mit nach Hause zu nehmen und mich Ende der Woche nochmals mit ihm zu treffen. Damit wollte ich auch mir einen Gefallen tun, ich fürchtete mich vor den Tagen der Untätigkeit.

Über die Untersuchungen des Spezialisten Doktor Mühlfenzi will ich, da sie den Befund im wesentlichen bestätigten und mir in unangenehmer Erinnerung sind, nicht Bericht erstatten. Erwähnt sei einzig, daß ich im Wartezimmer mit einem vor Nüchternheit seufzenden Magen über eine Stunde lang hatte warten müssen und daß ich dann, als ich jäh von einer Metallstimme gerufen wurde, benommen ins Behandlungszimmer trat, auf Doktor Mühlfenzis Aufforderung hin, mich zu setzen, Platz nahm auf einem Sessel und gleich darauf — von Doktor Mühlfenzis ziemlich gebrülltem Hinweis: »Das ist mein Stuhl!« vollends verschüchtert — wieder aufsprang, verlegen stehen blieb und mich dann brav dort niederließ, wohin Mühlfenzis Zeigefinger zeigte. Mühlfenzi, sei es aus übler Laune, sei es aus Zeitmangel oder Unterschätzung meines Auffassungsvermögens, gab auch kaum etwas preis von dem, was er ergründet hatte, und als er dann in hohem Sprechtempo doch unvermittelt meldete, befallen sei ein Seitenast des Vorderastes der linken Kranzarterie, war ich tatsächlich überfordert. Mit Fachbegriffen wie ›Stenose‹ und ›Koronarsklerose‹ ließ mich der Arzt allein.

14

Ich hätte den Friedhof, ich sage es mit Scham, kaum aufgesucht ohne Doktor Bergers Verordnung von zwei täglichen Spaziergängen. Und mit Scham sage ich, daß ich das Grab meines Sohnes lange nicht fand, unter dem Regenschirm — es regnete ständig in diesen letzten Oktobertagen — in der ausgedehnten Anlage umherirrte, fast einen Friedhofsangestellten, der die auf die schmalen Wege gefallenen Blätter mit einem Laubrechen häufte, nach Richtung und Ort der Kindergrabstätte gefragt hätte, es aber doch nicht tat aus der Angst heraus, der Angestellte könnte in mir einen Mörder vermuten, den es zum Grab seines Opfers ziehe. Am sechsten September des Vorjahres war ich zum letzten Mal auf dem Friedhof gewesen, schon damals hatte ich längere Zeit suchen müssen, bis ich die Lichtung mit den in drei Reihen halbkreisförmig angeordneten Kindergräbern fand und den Strauß aus orangen, kurzstieligen Röschen in eine der gräßlichen Friedhofstrichtervasen stellen und vor dem kleinen Grabstein aus Tessiner Granit in die Erde stecken konnte. Damals hatte sich der Todestag zum dritten Mal gejährt, und damals hatte ich mir auch vorgenommen, das Grab bis auf weiteres nicht mehr zu besuchen, denn wenn ich vor dem Grab stand und auf den eingefurchten, hellgrau getönten Namenszug schaute, geriet ich in einen Zustand der Empfindungslosigkeit und der Starre, ich mußte merken, daß mir ausgerechnet in der Nähe des toten Kindes alle Gefühle der Nähe und der Verbundenheit verunmöglicht waren, ich stand da, besinnungslos, erinnerungsleer, und erst auf dem Heimweg enthärtete ich mich, zuerst kamen die Selbstvorwürfe, die Scham und der Schmerz über meine rätselhafte Stumpfheit, und dann, wie angesaugt vom vorherigen Vakuum, stieg, nein schoß das Gewesene auf.

Eines Abends, vielleicht eine Woche nach unserer Rückkehr aus Finnland — Regina studierte gerade den Stellen-Anzeiger in der Zeitung, seit einem Jahr schon suchte sie erfolglos nach einer ihrer Ausbildung angemessenen Teilzeitarbeit —, sah ich, daß Hans wie betrunken durch die Stube taumelte, sich auf den Teppich setzte, das Köpflein hängen ließ und schließlich seitwärts kippte. Ich glaubte zuerst, es handle sich um eine der üblichen Kapriolen, kniete mich zu ihm nieder und kitzelte ihn unter dem Arm. Er reagierte nicht, er wimmerte kaum hörbar. Als ich ihn fragte, ob ihm schlecht sei, drehte er sich auf den Rücken, schaute mit großen Augen an mir vorbei und sagte, es sei ihm schlecht im Kopf, alle Sachen bewegten sich. Jetzt wurde auch Regina aufmerksam, kam und kniete sich gleichfalls nieder, und Hans umschlang ihren Nacken, zog ihr Gesicht an das seine und weinte. Du bist sehr müde, nicht wahr? fragte Regina. Hans sagte ja und verlangte nach Milch. Ich brachte ihn zu Bett. Nach einer Weile kam Regina mit der warmen Milch und dem Fieberthermometer.

Hans trank sitzend, ohne daß wir ihn stützen mußten, und er hatte nur Temperatur. Ich küßte ihn auf seine hohe, weich gewölbte Stirn, die ihm Regina vererbt hatte, und sagte gute Nacht. Regina blieb noch bei ihm.

Er schläft jetzt, sagte sie später, wir müssen morgen zum Arzt. — Er wird bald wieder munter sein, sagte ich, du weißt doch, wie oft und wie plötzlich er und alle Kinder von irgendeiner Unpäßlichkeit befallen und gleich wieder losgelassen werden, er war nur übermüdet, vielleicht ist oder wird er ein Migränekind, wie ich es war, und schlimmstenfalls bekommt er eine Sommergrippe.

Da Hans am anderen Tag wirklich wieder recht munter war, sogar, wie mich beim Mittagessen dünkte, besonders zappelig, verzichtete Regina auf einen Arztbesuch. Aber der Vorfall hatte doch zur Folge, daß wir Hans besorgter und also aufmerksamer als zuvor beobachteten. Aus diesem Grund waren wir beide zuerst im ungewissen, ob wir das, was uns in den folgenden Tagen auffiel, vorher einfach übersehen hatten oder ob es neu und alarmierend war. Hans ließ sehr häufig die Tasse oder den Löffel fallen und griff manchmal an den Gegenständen, zum Beispiel an einem Würfelzucker, den ich ihm hinstreckte, vorbei. Auch schien sich die leichte Sprachstörung, die sich schon in Finnland angedeutet hatte, verstärkt zu haben, und diese Störung — sie bestand in einem durch offenkundige Wortfindungsschwierigkeiten verursachten Stottern — beunruhigte uns am meisten. Als Hans dann eine Woche nach seinem ersten Anfall einen zweiten, schlimmeren erlitt, einen mit kurzdauernder Absenz, glaubten Regina und ich sofort an Epilepsie und ließen Hans untersuchen. Das war Anfang August.

Erst Mitte August fanden die Ärzte den Mut, uns die ganze Wahrheit zu sagen. Die halbe Wahrheit — Gehirntumor — gab man schon vorher bekannt. Mitte August, auf unser Drängen hin, hörten wir zum ersten Mal das Wort ›Medulloblastom‹: bösartige, rasch wachsende Geschwulst, inoperabel.

Da nahmen wir Hans, er hat nur neun Tage lang im Spital sein müssen, mit heim. Sein Leiden ist kurz gewesen nach unserem Maßstab. Wir waren bei ihm.

Wir waren bei ihm, als die Atemlähmung eintrat. Es ist ein Aushauchen gewesen, kein Kampf, kein Kampf.

Bis zur Bestattung war mir Regina nahe wie nie, suchte wie nie, wenn auch stumm, meine Nähe, vergrub sich förmlich in mir, ich mich in ihr.

Es folgten andere Tage. Sie weinte fast ununterbrochen, sie duldete keine Berührung. Sagte ich etwas, hieß sie mich schweigen, mit einer Geste des Abscheus, mit einem Blick, der mich an die Wand und durch die Wand hindurch und hinaus in den Weltraum warf. Wir schliefen allein, wir aßen, wir trauerten allein. Es gab mich nicht mehr, weil es Hans nicht mehr gab. Der mittlere Ring der ineinandergreifenden Kette hatte sich losgelöst, die beiden äußeren fielen und rollten auseinander. Wie anders hätte ich mir mein plötzliches Ungültigwerden erklären können? So kam, nach allen verzweifelten, vergeblichen Versuchen, die Verbindung wiederherzustellen, zum Schmerz auch noch der Argwohn, Regina sei es immer nur um Hans gegangen, mich habe sie in Kauf genommen als Erzeuger.

Nach einer Woche wurde sie ruhiger, gefaßter, wir konnten, wenn auch nicht allzu häufig und nie lange, wieder miteinander reden, freilich nur über Unbedeutendes, nicht über Hans, nicht über uns. Manchmal ließ sie es zu, daß ich ihre Hand hielt, manchmal zog sie die Hand zurück, sanft und freundlich. Sie gab mir Zeichen der Zuneigung, und diese Zeichen enthielten, ich fühlte es, zugleich die Botschaft, daß Zuneigung kein Grund zum Bleiben war.

Sie kaufte sich Wanderschuhe. Sie war, wenn ich am Mittag oder Abend von der Arbeit kam, zu Hause oder nicht zu Hause. Sie hat mich, nur durch ihr Verhalten, vorbereitet. Mit trockener Trauer nahm ich wahr, wie sie sich langsam verflüchtigte, und als sie eines Abends von Wendepunkt und Umbruch sprach, verstand ich. Ich hatte weder die Kraft noch das Recht, sie zu halten, nicht einmal den Wunsch, und darin darfst du keine Herzenskälte sehen. Mir sind Männer, die nicht aufgeben können, die tierisch lärmend um die Geliebte kämpfen, stets das Verächtlichste gewesen, obwohl ich es in jungen Jahren auch tun zu müssen glaubte; dieser Kampf kann nur schmählich enden, denn selbst die geglückte Rückeroberung ist nichts weiter als ein entwürdigender und alle

Zukunft vergiftender Sieg. Nein, kalt war ich nicht. Aber ich führe den Umstand, daß ich nicht tobte und mir die Haare nicht raufte, als Regina zu packen begann, auch nicht auf Reife und Gleichmut zurück. Vielmehr — ich glaube, ich habe das bereits einmal erwähnt — fehlte mir das Organ, das mich befähigt hätte, ein Ende als wirkliches Ende zu fassen. Da ich allem Abschied ein inniges ›Bis bald‹ entgegensetzte, brach ich dem Unabänderlichen gleichsam die Spitze und ermöglichte mir Beherrschtheit. Und doch kann auch diese Tatsache den sonderbaren Fatalismus, mit dem ich Reginas Aufbruch verfolgte, nicht erklären, der Hauptgrund, so vermute ich, ich kann nur immerfort vermuten, war die Betäubung, die Narkose, in die der Tod des Kindes mich versetzte.

Regina hat mir später, vor einem Jahr vielleicht, beteuert, nein, nicht beteuert, nur erzählt, daß sie bis zu ihrer Abreise Mitte Oktober verschiedentlich versucht habe, über die fällige Trennung zu reden, ich aber hätte mich durch unverzügliches Verständnis oder Einverständnis dem Gespräch entzogen. Sie sagte auch, wie sehr sie mein gelassenes Verhalten belastet habe, denn wenn es ihr auch kaum gelungen wäre, sich mir verständlich zu machen, so hätte ihr ein Widerhall doch etwas Halt gegeben. Ein einziger Fluch, so sagte sie, ein kurzes Ballen meiner Faust, selbst eine Träne hätten ihre Einsamkeit und ihre Schuldgefühle abgebaut und wären ihr erträglicher gewesen als mein Nikken. Andrerseits, inkonsequenterweise, habe sie, da ihr die Gründe ihres Trennungswunsches zu jener Zeit teilweise nebelhaft gewesen seien, gerade meine Unzugänglichkeit und ihr damit verbundenes Gefühl, in einer schalltoten Zelle zu sitzen, zu einem Fluchtgrund gemacht.

Zuerst hat mich diese Mitteilung empört. Wie konnte Regina mit der Vergangenheit so liederlich umspringen? Was für ein seelisches Bedürfnis trieb sie dazu, die Tatbestände umzulügen? Ich, ich war es doch, der vergeblich versucht hatte, Regina anzurufen, und ich war es, der damals in der Zelle saß.

Dann überlegte ich, ob ich Reginas Darstellung vielleicht nur darum unglaubwürdig fand, weil sie mich so entsetzte, weil sie mich dazu zwang, mir eine Szene, deren Aberwitz mich schaudern machte, vorzustellen: Zwei Menschen, die Blicke flehend, die Arme ausgebreitet, laufen aufeinander zu und erreichen sich nicht.

Inzwischen habe ich das Graben aufgegeben. Fest steht: In jenen Wochen waren wir in einer großen Dunkelheit. Fest steht: Wir haben uns in dieser Dunkelheit verfehlt. Vielleicht sind wir auch außerhalb der Höhle nie angekommen. Wohl haben wir uns in der Helligkeit gestreift. Erfaßt, gefunden haben wir uns nicht, denn wir sind irdisch Liebende gewesen.

15

Ich habe das Funkgerät versehentlich im Badezimmer liegen lassen. Was ist das? hat Frau Guhl gefragt. Ein Funkgerät. — Ein Funkgerät? Sind Sie denn Hobby-Funker? — Ich zögere. Dann denke ich: Sie wird es früher oder später doch erfahren. Schauen Sie, sage ich, wenn dieses rote Lämpchen hier aufleuchtet, muß ich mich unverzüglich mit der Klinik in Verbindung setzen, ich muß aus dem Bad steigen, ich muß, wenn ich außer Haus bin — dann trage ich das Funkgerät natürlich bei mir —, zum nächsten Telefon eilen. — Warum? Was wollen die von Ihnen? — Es ist so: Ich stehe auf einer Warteliste, ich muß erreichbar sein, jederzeit, überall, denn alles muß, sobald ich an die Reihe komme, sehr, sehr schnell gehen, verstehen Sie? — Nicht ganz, Herr Hatt. — Frau Guhl, es ist so: Man wird mich operieren, weil, Sie wissen ja, das Herz. — Ja, sagt Frau Guhl, aber warum in aller Welt vereinbart man keinen Termin? — Es ist kein gewöhnlicher Eingriff, sage ich, es wird im Grunde nichts geflickt, es läßt sich nichts mehr flicken, stellen Sie sich ein durchgerostetes Auspuffrohr vor, was macht man damit in der Werkstatt? — Jesus Maria, Herr Hatt! — Ja, sage ich, so ist das, aber glauben Sie mir, das Auswechseln ist technisch einfacher als das Reparieren, nur eben, Ersatzteile sind rar, und nicht jedes paßt, und viele warten darauf, und wenn dann endlich alles stimmt, ist größte Eile geboten, das Organ muß in die Klinik, ich muß in die Klinik, notfalls mit Helikopter, denn das Ersatzorgan hält sich, auf null Grad abgekühlt, nur knapp vier Stunden. — Jesus Maria, sagt Frau Guhl, setzt sich und schluchzt, ich stehe auf, ich lege die rechte Hand an ihre zuckende Schulter. Es ist Routinesache, sage ich, es wird allein in unserem Land rund fünfzigmal pro Jahr gemacht, und nachher kann man wieder Fußball spielen. — Ist das auch wahr? — Ich lüge Sie nicht an, Frau Guhl, das einzig Traurige am Ganzen ist, daß ich Sie verlieren werde, verstehen Sie? — Nein, warum, warum denn? fragt sie, und ich muß lächeln, sie schaut so kindlich und erschrocken zu mir auf. Weil ich ja nachher, sage ich, nicht mehr auf eine liebe Haushalthilfe angewiesen bin.

Frau Guhl weiß nun Bescheid. Und daß das rote Lämpchen nur rund zwei Dritteln jener Patienten leuchtet, die auf der Warteliste stehn, und daß das dritte Drittel vorher und anderweitig abberufen wird, das braucht sie nicht zu wissen.

16

Ich glaube, wir sind am Ziel, sagte meine Schwester und hielt, ohne den Motor abzustellen, vor einem stattlichen, dreigeschossigen Gebäude an, das linkerhand der Ortseinfahrt steht und jedem Ankömmling zuruft, daß ihn nicht einfach ein Bergbauern- oder Bauernbergdorf, sondern ein Klimakurort erwartet. Hier wird es sein, sagte die Schwester, und ihr Glucksen verwirrte mich, bis ich die Tafel neben der Eingangstür sah: BIBEL- UND ERHOLUNGSHEIM STIFTUNG GOTT HILFT. Ich starrte verstört. Und zur Wut auf Doktor Berger, der mich, wenn dies wirklich mein Kurhaus war, bös hintergangen hatte, kam der Ärger über meine heitere Schwester. Was hast du nur, sagte sie, du wirst hier prächtig aufgehoben sein. — In dieses Heim, sagte ich, zerren mich keine zwölf Ochsen. — Dann suchen wir weiter, sagte Marianne, vielleicht gibt's noch ein anderes.

Sobald ich, knapp hundert Meter weiter vorn, das unübersehbare Schild RECONDITION CENTER erblickte und dann, von der Straße zurückversetzt, den strengen, wuchtigen Bau, dessen Architektur ich sogleich routinemäßig auf die siebziger Jahre des vorigen Jahrhunderts datierte, erinnerte ich mich an den Kurhausprospekt, den mir Doktor Berger in die Hand gedrückt hatte und auf dem sowohl das Kurhaus als auch sein vertrauenswürdiger Name zu sehen gewesen waren. Ich hatte den Prospekt allerdings mit Abwehrgefühlen, also ohne Sammlung angeschaut und mich durch das Ansinnen, wasserfeste Schuhe mit Profilsohlen und strapazierfähige Wanderkleidung mitzunehmen, bevormundet gefühlt. Flüchtig gelesen hatte ich auch, daß die Besonnungsverhältnisse in diesem an einem Südhang des Vorderprättigaus gelegenen Kurort hervorragend seien und daß hier, rund tausend Meter über Meer, Reizstufe 1 herrsche, was nur eine leichte Belastung des Kreislaufs, der Atmung und des Stoffwechsels durch klimatische Einwirkungen bedeute.

Im Augenblick regnete es. Im Augenblick saß ich im Auto neben meiner Schwester, fühlte mich vierjährig, mager und heillos. Marianne legte die Hand auf mein Knie und schlug vor, das Einrükken um ein halbes Stündlein hinauszuzögern, das Dorf zu besichtigen und zusammen noch einen Kaffee zu trinken. Diese Idee fand und nannte ich glänzend, und ich muß sagen, daß mich das seltsame Dorf schon während dieses ersten Spaziergangs unter dem Regenschirm zu interessieren begann, so wie alles Atypische, vom Erwartbaren Abweichende mich interessiert. Auffallend waren nicht unbedingt markante Einzelheiten, obwohl es auch an ihnen nicht fehlte — zum Beispiel wunderte ich mich über das mit ›Gemeindehaus‹ angeschriebene Gebäude: ein herrschaftlicher Palazzo, ein Schloß fast, sehr alt, restauriert freilich, mit einem Pyramidendach samt achteckigem Türmchen darauf, beides vermutlich nicht original, eine ursprüngliche Kreuzgiebelkonstruktion schien meinem geistigen Auge wahrscheinlich, item, ein Unikum in einem Bergdorf —, das Auffallendste war die Anlage des Orts, das uncharakteristische Siedlungsbild als solches, das bestimmt wurde durch das rechtwinklig in den Abhang gelegte Straßennetz, was mich sofort ans unselige Karthago erinnerte, ich zählte vier Längs- und zirka fünf schmalere Querstraßen, und entsprechend brav und gradlinig fügten sich die fast durchwegs gemauerten Wohnhäuser und Ställe in dieses geometrische Netz. Auch meine Schwester vermißte das Schiefe, die engen, verwinkelten Gäßchen, die alten Schindeldachholzhäuser, sie fragte mich nach dem Grund dieser, wie sie sich ausdrückte, abgezirkelten Ballung, und da ich fürs erste selbst keine Antwort wußte, sagte ich unnötig barsch, ich sei nicht als Denkmalpfleger hierher gekommen, sondern als Patient.

In einer Gaststube, Arve, pseudoheimelig, fragte ich dann meinerseits die Serviertochter, ob sie zufällig mit der Dorfgeschichte vertraut sei, und sie verneinte auf hochdeutsch.

Auf dem Rückweg zum Kurhaus entdeckte ich etwas, das, weil es mit meiner Stimmung korrespondierte, diese auch hob: ein altes, eisernes, vom Rost wunderbar angefressenes Gartentor, auf das jemand mit grauschwarzer Farbe das Wort SCHEISSE gesprayt hatte. Auch Marianne begeisterte sich, war sich aber zu wenig bewußt, welch unerhörten Seltenheitswert Graffiti in einem Bergbauerndorf oder Bauernbergdorf hatten, und ich mußte sie darauf hinweisen. Sie meinte, daß die Inschrift vielleicht von einem herzkranken Kurgast angebracht worden sei, was ich für abwegig hielt, denn kein herzkranker Kurgast reist mit einer Sprühdose im Gepäck an. Wie auch immer, mir ist dieses Tor das wertvollste Denkmal im Dorf gewesen und geworden, ich habe ihm im Verlaufe meines vierwöchigen Aufenthalts noch manchen warmen Blick geschenkt und jeden erwidert bekommen, während mich das offizielle, allerdings ebenfalls absonderliche Denkmal — ein ›den tapferen und hochgesinnten Ahnen‹ gewidmeter Obelisk aus gesprenkeltem Marmor, an dem wir beim Gang zur Turnhalle täglich vorbeimarschierten — kalt ließ. Anno 1622, wenn ich mich recht erinnere, mußte hier irgend etwas vorgefallen sein, was die Nachfahren dankbar stimmte, vermutlich, wie immer, eine österreichische Invasion, der die einheimischen Ahnen — die Wörter ›tapfer‹ und ›hochgesinnt‹ verrieten es — vermutlich nichts entgegenzusetzen hatten als Tapferkeit und Hochsinn, vermutlich bissen sie, wie immer und seit je in diesem Land, ins Gras für unsere Freiheit, ich weiß es nicht, es ist egal, ich klammerte mich nach Mariannes Abfahrt an meinen alten und einzigartigen Koffer und trat ins Haus.

Es sei zwar November, mit Schauern, sogar Schneeschauern müsse gerechnet werden, hieß es im Einführungsvortrag, indessen gelte hier der Grundsatz, daß es so etwas wie schlechtes Wetter nicht gebe, es gebe nur schlechte Kleider, unzweckmäßige Ausrüstung, kurz und gut, gewandert werde täglich und bei jedem Wetter, denn eine Bewegungstherapie, die sich von der Witterung abhängig mache und je nachdem stattfinde oder ausfalle, wäre aus medizinischer Sicht, was gewiß allen einleuchte, ein Witz, der stufenweise Aufbau des Remobilisierungsprogramms unter Berücksichtigung beziehungsweise optimaler Nutzung der individuellen myokardialen Reserven könne und dürfe sich durch allfällige Unbilden der Natur nicht gefährden lassen, was gewiß allen einleuchte.

Ich saß in der hintersten Reihe, fremden Atem im Nacken ertrage ich schwer, und ich hörte viel williges Gemurmel, so wie man immer viel williges Gemurmel hört, wenn eine Autorität zur Selbstüberwindung aufruft. Auch die Ankündigung, daß täglich vor dem Frühstück eine obligatorische Morgengymnastik in der Turnhalle der Schule abgehalten werde, schien niemanden zu beelenden außer mich, aber das Hauptziel der Rehabilitation war nun einmal, wie der Arzt ausführte, die Ökonomisierung der Kreislaufverhältnisse. Im übrigen, so der Arzt, erfolge die Betreuung der Patienten multifaktoriell, zur Bewegungstherapie komme die individuell dosierte Diät, ferner die medikamentöse Therapie sowie ständige ärztliche Information und Beratung in Form von Vorträgen, Aufklärungsfilmen, Fragestunden und so weiter.

Nach den Ausführungen über Ablauf und Einzelheiten des Programms fragte der Arzt, ob wir noch Fragen hätten. Wie üblich war es eine Weile lang still, und ich erwartete schon den Schlußsatz ›Das scheint nicht der Fall zu sein‹, da hob ein zirka siebzigjähriger Patient die Hand und fragte, ob auch etwas für das gesellige Beisammensein getan werde. Dazu böten, sagte der Arzt, die Gruppenwanderungen genug Gelegenheit, auch fände jede Woche ein ganztägiger Ausflug in die weitere Umgebung statt, mit Verköstigung in einer Alphütte, und schließlich stehe nach dem Abendessen, das schon um halb sieben serviert zu werden pflege, noch genügend Freizeit zur Verfügung. Daraufhin fragte ein anderer Patient, auch zirka siebzig — ich war übrigens, soweit ich es bis jetzt überblicken konnte, bei weitem der Jüngste —, wann Lichterlöschen sei. Ich mußte mir, um nicht aufzujaulen, in die Unterlippe beißen, sonst regte sich kaum Heiterkeit, die Frage schien einhellig als sinnvoll empfunden zu werden, auch der Arzt, offenbar vertraut mit gerontologischen Rückbildungsprozessen, gestattete sich kein Lächeln und verwies darauf, daß ja jeder Patient sein eigenes Zimmer habe und also seine persönlichen Schlafgewohnheiten beibehalten könne.

Ich setzte mich vor dem Mittagessen noch für ein paar Minuten auf mein Bett, stierte durch die Balkontür talwärts, und statt mich über den Umstand zu freuen, daß man mir ein südseitig gelegenes Zimmer mit Balkon zugewiesen hatte, wovon es im ganzen Haus nur fünf gab — ich schätzte die Gesamtzahl der Zimmer auf fünfzig —, statt mich also über dieses Privileg zu freuen, das ich wahrscheinlich einem Irrtum zu verdanken hatte, denn ich war offenbar und fälschlicherweise als Doktor Hatt angemeldet und vom administrativen Leiter des Kurhauses bei meiner Ankunft entsprechend angeredet worden, saß ich also auf dem Bett, fühlte Klauen im Genick, stöhnte vor Ohnmacht. Abgründig haßte ich mein angefaultes Herz und schämte mich seiner zugleich, den Dolch verdiente meine Pumpe, die mich in dieses Siechenhaus, in diese von Lehmgesichtern und blutlosen Mündern wimmelnde Kaserne hineingezwungen hatte, und den gesunden Rest der Welt, die Verschonten, die hirnlos strotzend durch die Tage tölpelten, haßte ich erst recht.

Freundliche Spanierinnen servierten, freundlich rot waren die Vorhänge im Speisesaal, die Tischdecken weiß, die fünf Tischgenossen normalgewichtig wie ich, also nicht wie die anderen zu einer Reduktionskost verdammt. Jeder stellte sich vor, indem er seinen Namen und sein Leiden nannte, mir gegenüber saß eine der ganz wenigen Frauen — von fünfzig oder sechzig Patienten waren es drei —, sie war mir schon während des Einführungsvortrags aufgefallen, ich hatte sie von hinten auf dreißig geschätzt und angenommen, sie gehöre zum medizinischen Personal, von vorn sah sie aus wie fünfzig, in Wahrheit war sie, wie sie mir später sagte, denn wir haben uns später verbündet, ja verbunden, einundvierzig, sie hieß Ascher und litt an Störungen der Kreislauf- und Atemregulation. Neben ihr saß Herr Marugg mit frisch eingepflanzter Herzklappenprothese und neben ihm Herr Gälli, Herzinfarkt. Auf meiner Tischseite, rechts von mir, saßen die Herren Spettel und Rindlisbacher, die beide eine koronare Bypass-Operation hinter sich hatten und infolgedessen sofort mit Mineralwasser Brüderschaft tranken. Aus Angst, in dieses

Geschehen mit einbezogen zu werden, nahm ich eine abweisende Körperhaltung an und wandte mich ganz der Speise zu, ich bin ein Vertreter der Sie-Form und kann dem schwindenden Distanzbewußtsein nichts abgewinnen, ich stehe, sobald ich geduzt werde, schon fast im Unterleibchen, gegen falsche Nähe ist die Sie-Form noch immer das verläßlichste Bollwerk, aber Herr Spettel stieß mich trotzdem an und wollte auch für mich der August sein und Herr Rindlisbacher der Alfred, und sie zwangen ihre Vornamen auch den gegenübersitzenden Herren Marugg und Gälli auf, nur Frau Ascher blieb verschont, das heißt, sie überhörte Spettels aufsässigen Anklopfer, was mich sehr für sie einnahm. Ich fragte, um selbst nichts gefragt zu werden, was eine Bypass-Operation genau sei, und tatsächlich brauchte ich jetzt bis zur Aufhebung der Tafel nur noch zu nicken und aha zu sagen, während Spettel und Rindlisbacher ihre Herzensangelegenheiten schilderten und sich dabei verjüngten. Wie immer bewirkte die Anwesenheit eines kleinen Publikums, insbesondere einer Frau, daß die redenden Männer sogleich in ein Konkurrenzverhältnis traten, dies scheint, so widerlich es ist, fast ein Gesetz, selbst enge Freunde spüren, wie die Gegenwart einer Frau sie gleichsam nebenbuhlerisch einfärbt und die Sache, um die es geht, zwar nicht vergessen läßt, sie aber zum an sich beliebigen Prüfstein für Sachverstand und Redegewandtheit macht, zum Anlaß, Leuchtkraft zu zeigen. Es ging also, laut Rindlisbacher, bei der Bypass-Operation darum, verstopfte Herzkranzarterien, die einen Infarkt oder Angina pectoris verursachen konnten, zu überbrücken, wozu man ein Stück Beinvene verwende, das in die Hauptschlagader eingenäht und unterhalb der verengten Stelle mit dem kranken Arterienast verbunden werde, so daß eine ausreichende Durchblutung des Herzmuskels wieder gewährleistet sei. Hier nun griff August Spettel ein und sagte, bei ihm könne keine Rede von einer Beinvene sein, bei ihm habe man die beiden Brustwandarterien zur Überbrückung benutzt, man habe sie losgelöst aus ihrer Ursprungsbahn und ins Herz umgeleitet, und die Operation habe fast drei Stunden gedauert. Frau Ascher zwinkerte mir ganz kurz zu — von da ab mochte ich sie endgültig —, und Rindlisbacher, der sehr wohl fühlte, daß Spettel seinen Brustwandarterien-Bypass als höherwertig einstufte als seinen, Rindlisbachers, Beinvenen-Bypass, übertrumpfte Spettel mit der Erklärung, daß seine Operation offenbar komplizierter gewesen sei als Spettels Operation, da sie gut dreieinhalb Stunden gedauert habe. Darauf sprach Spettel von seiner gigantischen Narbe, die sich über die gesamte Länge des Brustbeins erstrecke. Genau wie die meinige, sagte Rindlisbacher, nur daß ich zusätzlich noch eine Dreißigzentimeternarbe an der Innenseite des rechten Unterschenkels mit mir herumschleppe. — Dies wiederum schien Spettel zu wurmen, er ging, um nicht ins Hintertreffen zu geraten, aufs Ganze und sagte, als sei dies das entscheidende Verdienst, daß der Eingriff bei ihm praktisch in letzter Minute erfolgt sei, er wäre ohne diesen Noteingriff garantiert von hinnen gegangen. Ums Haar, erwiderte Rindlisbacher, hätte auch ich den Löffel abgegeben, nämlich ich habe nur noch gejapst und meine Gattin röchelnd beauftragt, die Bronzemedaille dem Viktor, meinem Lieblingsenkel, als Erbstück einzuhändigen. — Bronzemedaille? fragte Spettel. Rindlisbacher kaute. Die Spannung konnte nur steigen, wenn er sich Zeit ließ mit dem Ausspielen des höchsten Trumpfs, der zwar in keinem Zusammenhang mehr stand mit dem Bypass-Zweikampf, der aber trotzdem auf den Tisch geschmettert werden mußte, um der Runde beizeiten vor Augen zu führen, mit wem sie zusammensaß. Anno sechsundvierzig, sagte Rindlisbacher nicht ohne Zittern in der Stimme, Anno sechsundvierzig, an den nationalen Meisterschaften im Einer-Kunstradfahren, wurde ich Dritter. — Spettel reagierte nobel, er sagte: Sapperlot. — Auch wir gratulierten, und von der Seite sah ich mit Rührung und Ekel, wie sich Rindlisbachers knorriges Gesicht erhellte.

Die Ruhestunde nach dem Essen verbrachte ich im Armsessel, der zur Ausstattung meines Zimmers gehörte, rauchte in Gedanken ein filterloses Verdauungszigarettchen und erzeugte durch die Art, wie ich beim Ausstoßen des Rauches die Lippen schürzte, jene Ringe, die mir Hans immer und immer wieder abgebettelt hatte, um sie entweder mit seligen Augen anzustaunen oder jauchzend mit dem Zeigefinger zu durchbohren. Es sind ja solche Bilder, die von einem Menschen bleiben und ihn plötzlich wieder gegenwärtig und sichtbar machen, die Zahl der Bilder ist gewöhnlich gering, besteht aus einem Hauptbild und wenigen Nebenbildern, und wenn ich Hansens Gesicht verliere, muß ich nur Ringe aushauchen oder mir vorstellen, wie er mit seitwärts geneigtem Kopf ernst und weltvergessen an einem Eis leckt, so ist er da. Ich sehe meinen Vater, gezeichnet schon von der Krankheit, auf der Eckbank liegen, ich sehe die zwei tiefen Vertikalfalten über seiner Nasenwurzel und die fächerartig von den äußeren Augenwinkeln ausstrahlenden Lachfältchen, er schaut zur Zimmerdecke und sagt: Ich möchte heim, und Mutter sagt: Du bist doch daheim, und statt zu widersprechen schließt er die Augen und verfällt in einen unruhigen, von leisen Schnarchtönen begleiteten Schlummer. Aber es scheint, daß ich nur Bilder von Abgeschiedenen willentlich heraufbeschwören kann, während sich die Lebendigen auf diese Weise nicht kristallisieren lassen, Regina zum Beispiel weigert sich heftig, zu irgendeinem abrufbaren Bild zu gerinnen, ihr Gesicht, obwohl es mir das nächste war, verhüllt sich oft lang.

Nachdem mir Hans und wenig später Regina von der Seite gerissen worden waren, kam, ich glaube, ich habe davon noch nicht gesprochen, eine Zeit, an die ich mich erst, seit ich am Sitzen bin, erinnere, denn es ist eine Zeit gewesen — Moment, mein Atemgang.

Denn es ist eine Zeit gewesen, in der ich mich an mir vergangen habe. Versuch dir einen zerschlissenen Blinden vorzustellen, der durch eine lange Nacht hastet im Glauben, es sei Tag, und sein Gewand sei ordentlich. Ich beschönige nichts. Und würde ich behaupten, daß mein Elend unerträglich gewesen wäre, wenn ich es wahrgenommen hätte, so wäre dies schon darum unrecht, weil ich mir den Beweis ersparte. Was aussehen mochte wie Tapferkeit, war Feigheit und Hektik. Ununterbrochen lenkte ich mich ab durch eine Arbeitswut, die eigentlich jedem, auch mir, gespenstisch hätte vorkommen müssen, und nie hat die Welt einen rührigeren Denkmalpfleger gesehen, ich war gleichzeitig überall, jeden Termin, den ich in meine Agenda eintrug, trug ich mit der Genugtuung eines Sammlers ein. So fristete ich mich geschäftig fort, sorgte dafür, daß ich kaum je zur Besinnung kam, sorgte dafür, daß ich Abend für Abend mit bleierner, bewußtseinstrübender Müdigkeit ins Bett fiel. Eine durchgeweinte Nacht habe ich mir nicht gegönnt, und die aufrichtige Teilnahme von Verwandten und Bekannten habe ich mit einer solchen Schroffheit abgewehrt, daß sich bald niemand mehr nach meinem Befinden zu fragen getraute. Natürlich hat mir meine Mutter, deren Grabesstimme ich am allerwenigsten ertrug, ihre Hilfe angeboten, sie wollte sich um meinen Haushalt kümmern und meine Wäsche waschen, aber gerade diese Arbeiten durfte ich mir nicht rauben lassen, wenn ich nicht Gefahr laufen wollte, am Wochenende plötzlich auf dem Sofa zu sitzen und überfallen zu werden. So putzte ich am Samstag alles, was sich putzen ließ, auch die Fensterscheiben, klopfte Bücher aus, zog das Bett frisch an, hängte die gewaschene Wäsche in der Waschküche auf und bügelte sie am

Sonntag, bevor ich mich an den Schreibtisch setzte, um Büroarbeit zu erledigen. Einladungen lehnte ich ab, sei es, weil ich befürchtete, daß ein Thema zur Sprache kommen könnte, das mir unerwünscht war, sei es, weil ich dahinter nur Mitleid witterte. Überhaupt pflegte ich — Regina und ich hatten durchaus einen Bekanntenkreis — keinen außerberuflichen Umgang mehr, und eigentlich ließ ich in jener Zeit nur meine Schwester an mich heran.

Eines Tages, Weihnachten drohte schon, ich hatte beschlossen, während der Festtage Neapel und Rom zu besuchen, sagte die Schwester, sie habe von mir geträumt, ich sei, mit einem Schneeball in der Hand, auf einer Treppe gestanden und hätte mehrmals das Wörtchen ›greinsam‹ gemurmelt. Es ist sonderbar, aber die Erzählung dieses winzigen Traumfetzens bewirkte, daß ich plötzlich aus der Gemütsbetäubung erwachte, und wie ein angerufener Schlafwandler stürzte ich ab. Ich meldete mich krank, blieb auch über Weihnachten zu Hause, holte das Nötige mit einer seit den Tagen der Kindheit nie mehr erlebten Inbrunst nach. Ins neue Jahr glitt ich getrost.

17

Die Tochter also tanzte im ersten Morgenglanz zum Schlafgemach des Ritters. Der lag schon wach und rief verwundert: So früh, mein Bräutlein? — Herr, sagte sie, Ihr habt uns mitgeteilt, daß Ihr, wenn Ihr nur eine Jungfrau fändet, die gern den Tod für Euch erlitte, genesen könntet — ich bin's, Gott weiß es, ich will die Jungfrau sein! — Des Ritters Augen füllten sich. Bräutlein, sprach er, unsanft ist aller Tod und schwer das Sterben, ich danke dir, dein Sinn ist lieb, dein Wille rein und gut, und mehr begehr ich nicht von dir. Bedenke auch, du übereiltes Kind, welch großes Leid dein Opfer über deine Eltern brächte.

Die Eltern aber, herbeigeholt, bekräftigten, daß ihre Tochter sich nicht unbedacht entschlossen habe, daß sie, die Eltern, die ihm, dem Ritter, für vieles dankbar seien, dem Kind bewilligt hätten, den Tod für ihn zu dulden. Gott gebe, sprachen sie zum Ritter, daß Ihr durch sie gesundet.

Der feierliche Augenblick bewegte alle. Die Eltern weinten. Der Ritter, hin und her gerissen, weinte. Das Mädchen aber weinte aus lauter Angst vor einem großen Nein des Ritters. Allein, er brachte nichts mehr vor, er stimmte schneller als erwartet zu und dankte allen warm.

Man packte hastig, besorgte für das Mädchen reiche Kleider, besorgte Pferde und zog nach einem schweren Abschied ungesäumt gen Süden, gen Salerno.

Der Meisterarzt, vom Ritter und vom Mädchen aufgesucht und rasch ins Bild gesetzt, war sehr verwundert, und er verhehlte nicht, daß er Bedenken hatte. Kind, fragte er, ist es dein eigener, freier Wille, dem dein Entschluß entspringt? Ist es am Ende nur der Wille deines Herrn, sein Druck, gar seine Drohung? — Die Jungfrau sprach: Es ist mein Herzenswunsch, für ihn zu sterben. — Der Arzt, noch immer zweifelnd, führte sie in einen stillen Winkel, um ihr das folgende zu sagen: Wenn du dich nicht aus freiem Willen opferst, so hilft und wirkt dein Opfer nicht, du stürbest dann umsonst. Ich sage dir, damit du weißt, was dich erwartet: Nackt wirst du vor mir liegen, die Beine und die Arme festgezurrt, und jetzt — erbarm dich deiner, denn unaussprechlich werden deine Qualen sein —, jetzt greife ich zum Messer, jetzt schneide ich dich tief bis zum Herzen auf und breche es, lebendig noch, aus dir heraus. Nun, Fräulein? Besinne dich noch einmal, ob es dein Herzenswunsch ist, so zu enden! — Die Jungfrau sagte: Meiner Treu, mir kommen Zweifel, doch nicht an meinem Wunsch, nicht am Entschluß, vielmehr an Euch, der Ihr so hasenherzig zagt, so weibisch zaudert. Was mich betrifft: Ich bin entschlossener als je. Ich will. Wenn Ihr Euch wirklich zutraut, das Leben meines Herrn zu retten und mir zu einer Himmelskrone zu verhelfen, dann schwankt nicht länger, zeigt durch die Tat, daß Ihr zu Recht ein Meister heißt.

Nun war der Doktor überzeugt vom festen Sinn der Jungfrau. Er ließ die Skepsis fahren und führte sie zurück zum kranken Herrn und sprach zu ihm:

Die Eignung Eurer Jungfrau steht nunmehr außer Frage, seid frohgemut und atmet auf, in Kürze werdet Ihr gesund sein.

Dann brachte er das Mädchen in die Kammer, die ihm als Operationsraum diente. Und da hier niemand Zutritt hatte als er selbst und jene, die sich seinen Künsten anvertrauten, und da er überdies den Ritter nicht sehen lassen wollte, wie das Mädchen abschied, hieß er ihn warten im Vorraum, verriegelte die Tür, wusch sich die Hände und forderte die Jungfrau auf, sich frei zu machen. Und sie entschnürte sich heiter und stand im Handumdrehn und ohne Scham vor ihm, wie sie erschaffen worden war vom Schöpfer. Der hatte sie, der Arzt sah es sofort und hielt den Atem an, aufs wunderschönste ausgestattet, hinreißend modelliert. Allein, sie ließ dem Doktor keine Zeit zum Staunen und stieg stracks auf den hohen Tisch. Er band sie fest. Er nahm das lange, breite Messer. Er prüfte dessen Schärfe, und da er wußte, daß ihre Schmerzen sich verkleinern und verkürzen würden, wenn er mit möglichst scharfem Messer schnitt, griff er zum Wetzstein. Er ließ sich Zeit. Er wetzte langsam. Beschaulich, andächtig fast schliff er die Klinge.

Der Ritter, im Nebenzimmer wartend, vernahm das Schleifgeräusch, er hörte eine Weile zu, und wachsende Erregung und Bangigkeit bemächtigten sich seiner. Noch einmal wollte er die Jungfrau lebend sehn, er suchte fieberhaft nach einer Ritze in der Wand, fand endlich eine, drückte ein Auge darauf, stand bebend, schaute, schaute.

18

Als ich das Tagesprogramm am Anschlagbrett las — 8 Uhr bis 8.20 Uhr Turnen, 8.30 Uhr Frühstück, 8.50 Uhr Gewichtskontrolle für alle Patienten, 9.30 Uhr Wandern, 12.00 Uhr Vortrag, 12.30 Uhr Mittagessen, 14.30 Uhr Wandern, 18.30 Uhr Abendessen, dazu die Liste der Namen derer, die dann und dann zur Quickuntersuchung, zur Kurzwelle, zur Inhalation, zum Belastungs-EKG et cetera zu erscheinen hatten —, schnürte sich meine Kehle so zu, wie sie sich angesichts der sogenannten Tagesbefehle während meiner Militärzeit immer zugeschnürt hatte und heute noch zuschnürt, wenn ich mich daran und ans Militär überhaupt auch nur erinnere, was ich aus Rücksicht auf mich nicht tun sollte, aber gezwungenermaßen immer wieder tun muß, weil man hierzulande, sobald man das Haus verläßt, an einem militärischen Aufgebots- oder Inspektionsplakat vorbeikommt oder mit einem Soldaten zusammenstößt oder von der Kioskfrau nicht verstanden wird, da eine heulende Staffel den Tiefflug übt. Und hast du einmal einen Tag hinter dich gebracht, ohne von diesem grauenhaften Unwesen behelligt worden zu sein, so holt es dich spätestens beim Anhören der Wetterprognose doch noch ein, denn sprachlich betrachtet ist die Meteorologie, ähnlich wie der Fußballsport, ein Zweig der Militärwissenschaft, jede Frontverschiebung und jeder Wolkenaufmarsch beweisen es und erinnern mich wieder an die erlebten Verschiebungen und Aufmärsche und sonstigen Trostlosigkeiten. Aber ich rede zu wenig exakt, du könntest glauben, mein Problem bestehe darin, den Erinnerungen an eine Institution, die mir verhaßt ist, aus gesundheitlichen Gründen ausweichen zu müssen und nicht ausweichen zu können, doch liegt der Fall, wie ich mit zunehmendem Alter bemerkt habe, anders, und hätte ich einen Sohn, so würde ich ihm raten, den Militärdienst nicht zu verweigern, sondern abzuleisten und dabei zu erfahren, was für ein jämmerlicher Mensch er sein kann, wieviel er sich gefallen läßt, wie unerklärlich infantil er sich benimmt, wie nervös er sich bei den Kameraden erkundigt, ob man nun mit oder ohne Pelerine, mit oder ohne Schutzmaske oder Brotsack ausrücken müsse, wie er vor der Inspektion der Ausrüstung mit Panik feststellt, daß einer seiner zwei Hörschutzpfropfen fehlt, daß das Einknöpffutter seines Mantels teilweise gräuelt und daß die Borsten seiner Anstreichbürste zu einem Klumpen zusammengewachsen sind. Er würde sich als zwanzig-, dreißig- oder vierzigjähriger Mann noch auf Kommando straffen, er sammelt sich, wenn jemand ›Sammlung!‹ brüllt, er schwenkt nach rechts, wenn es befohlen wird. Bringen Sie Ihr Tenue in Ordnung, sagt ein Oberst zu ihm, und er sagt: Oberst, Kanonier Hatt, verstanden! und schließt den obersten Knopf und vergißt sich abzumelden, und der Oberst sagt: Melden Sie sich ab! und er meldet sich ab, und irgendwann merkt er vielleicht, daß er das Militär nur deshalb haßt, weil es einen Menschen aus ihm macht, den er nicht kennt und kennen will, einen verächtlichen Menschen, eine verkrümmte Natur, die sich alljährlich aufs neue demütigen und idiotisieren läßt, und hätten die Frauen auch nur einen Schimmer davon, zu welch schmachvollem Verhalten ihre Männer und Freunde fähig sind, so müßte im Grunde genommen das gesamte eidgenössische und europäische und globale Liebesleben zusammenbrechen, genug, die Erinnerung ans Militär ist für mich die Erinnerung an eine Selbstentfremdung, die Erinnerung ans Militär schnürt mir die Kehle zu, weil diese Erinnerung zugleich immer und in erster Linie die Erinnerung an einen mir unbegreiflichen und verdorbenen Menschen ist. Plötzlich steht er neben mir, dieser uniformierte und geduckte und also um einen Kopf kleinere Doppelgänger mit seinen verkrüppelten Instinkten, und sein Anblick treibt mir, obwohl ich ahne, daß er letztlich bereichernd und heilsam ist, den Schweiß aus den Poren, genug.

In Wahrheit war der Kurhausbetrieb durchaus nicht militärisch, sondern nur klar und übersichtlich strukturiert, und eigentlich empfand ich die gleichförmige Tageseinteilung schon nach kurzer Zeit als durchaus wohltätig, einzig mit dem Morgenturnen konnte ich mich nie befreunden, und ich bewegte mich entsprechend halbherzig, was mir manchmal eine Mahnung oder auch nur ein anfeuerndes Wort der kommandierenden Leiterin eintrug, der zuliebe — sie trug einen engen, roten Einteiler — die anderen Greise und Halbgreise sich jugendlich streckten. Im übrigen ist mir die

Gefallsucht und das erotische Interesse dieser Männer immer wieder aufgefallen, es taten auch alle so, als machte ihnen das Treppensteigen keine Mühe, denn in einem der fast täglichen Vorträge hatte ein Assistenzarzt ausgeführt, daß für Herzkranke eine sexuelle Betätigung im üblichen Rahmen dann möglich sei, wenn ihnen das Treppensteigen keine Mühe bereite; diese Faustregel habe sich im großen ganzen bewährt und als praktikabler erwiesen als der Ratschlag, die Aktivitäten bei einer Pulsfrequenz von über hundertzwanzig Schlägen pro Minute einzustellen. Entscheidend sei die Entwicklung eines Gespürs für das individuelle Belastungsniveau, trotzdem könne es, zum Beispiel durch Druck auf den Brustkorb, zu plötzlichen Unpäßlichkeiten kommen, auch sei das Auftreten von Atemnot und Engegefühl bei aller sonstigen Vorsicht nie ganz ausgeschlossen, weshalb auf oder in jedes Nachtkästchen Nitroglyzerin gehöre, dessen gefäßerweiternde Eigenschaft sich nebenbei gesagt auch anderweitig vorteilhaft auswirke, aber nicht daß Sie mir jetzt, meine Herren, Arzneimittelmißbrauch zu treiben beginnen. — Hier wurde, so mäuschenstill es vorher war, tüchtig gelacht, und ich sah von der hintersten Reihe aus, daß sich diverse Ohren vorfreudig röteten.

Frau Ascher hatte diesen an und für sich obligatorischen Vortrag geschwänzt und erschien auch etwas verspätet zum anschließenden Mittagessen, so daß uns Rindlisbacher vor ihrem Eintreffen noch etwas mitteilen wollte, was, wie er sagte, zum Thema gehöre und was er neulich in seiner

Zeitung gelesen habe, nämlich ein achtundfünfzigjähriger ehemaliger Mönch müsse sich vor einem Gericht in England verantworten, weil er seine Verlobte vier Tage vor der Hochzeit mit einem Kissen zu ersticken versucht habe. Und wißt ihr, warum? fragte Rindlisbacher, und Spettel sagte: Sie wird zickig getan haben. — Falsch, sagte Rindlisbacher, und Gälli, Taxichauffeur und aufdringlicher Christ — er betonte fast täglich, daß er zur Zeit im Garten Gethsemane wandle —, Gälli fragte: Hat sie ihn vorzeitig zur Krönung der Ehe verleitet? — Was soll das heißen? fragte Rindlisbacher, sprich deutsch und deutlich, Egon. — Ich meine, sagte Gälli, sie hat vielleicht nicht warten wollen bis zur Trauung? — Schon wärmer, sagte Rindlisbacher, schon ziemlich heiß, nämlich die Braut, obwohl schon dreiundachtzig Jahre alt ... — In diesem Augenblick verstummte Rindlisbacher, denn Sophie Ascher kam, grüßte uns und setzte sich. Spettel, pensionierter Bademeister, war zwar sichtlich enttäuscht über den vorzeitigen Abbruch der Geschichte, Gälli womöglich noch enttäuschter, da er wie jeder fromme Mann ein üppiges Interesse an solchen Stoffen hatte, aber es bohrte niemand weiter, denn in Frau Aschers Gegenwart zeigten sich alle von ihrer kultivierten Seite, es warben alle um Frau Aschers Gunst, am unermüdlichsten Marugg, Herzklappenprothese, pensionierter Sekundarlehrer mit schneeweißen Steckenbeinchen, die ich vom Churer Hallenbad her kannte, wo er einmal, als er glaubte, Frau Ascher schaue ihm zu, den Handstand im Wasser machte, während andere Patienten, die ebenfalls glaubten, Frau Ascher schaue ihnen zu, nach einem Zweifränkler tauchten, den Spettel ins Bassin geworfen hatte. Der anwesende und verantwortliche Assistenzarzt mußte seine ganze Stimmkraft aufbieten, um diese keineswegs ungefährlichen Vorgänge zu stoppen und die tollkühnen Greise und Halbgreise wieder zu den vorgeschriebenen wassergymnastischen Übungen zu bewegen. Zu den Mahlzeiten erschien Marugg immer gepflegt, nie im Trainingsanzug, und seine knapp zwei Dutzend Haare waren so sorgfältig plaziert, daß die Kahlheit des Schädels nicht hoffnungslos wirken sollte, wodurch sie freilich hoffnungslos wirkte, so wie jeder allzu beflissen versteckte Mangel den Mangel betont. Im übrigen war Marugg, wie viele Lehrer, nicht sonderlich lernfreudig, belehrte aber unablässig, und statt wirklich zuzuhören, wenn andere sprachen, lauerte er mit rüsselförmigem Mund auf ein Stichwort. Erzählte etwa Rindlisbacher, daß er neulich unter einem Gebüsch einen kleinen Fuchsschädel gefunden habe, so sagte Marugg ins Blaue hinein, es habe sich vermutlich eher um einen Dachsschädel gehandelt, denn offenbar wußte Marugg über Dachse besser Bescheid als über Füchse, jedenfalls nahm er jetzt das Wort, sprach vom Gewöhnlichen Dachs, der lateinisch *Meles meles* heiße, ging über zum Honigdachs, der die Nester erdbauender Wildbienen plündere, und erwähnte den Stinkdachs, dem man auf Java und Sumatra begegnen könne. Wenn Rindlisbacher, um nicht als unkundig zu erscheinen, jetzt trotzig darauf beharrte, daß er einen Fuchsschädel und keinen Dachsschädel gefunden habe, hörte Marugg schon nicht mehr zu, sondern sagte abschließend das, was er nach fast jedem seiner Kurzreferate sagte, nämlich daß es ihm lebenslang darum gegangen sei, seinen Schülern ein gediegenes Marschgepäck mitzugeben, eine Wendung, bei der Gälli ein ehrfürchtiges, Rindlisbacher und Spettel ein eingeschüchtertes Gesicht machten, während sich Sophie Aschers herbe Züge völlig zu Recht verdüsterten.

Sie spürte wohl, daß sie, obwohl sie wenig sprach, immer der Mittelpunkt war, und sie genoß es nicht. Sie begegnete allen freundlich, und als ich ihr gegenüber einmal äußerte, es wundere mich, wie respektvoll und geduldig sie mit den balzenden Greisen und Halbgreisen umgehe, sagte sie, ich dürfe über diese Männer nicht die Nase rümpfen, weißt du, sagte sie, wenn ich, was mir sehr leid tut, schon schuld daran bin, daß unsere Tischgefährten sich so eifrig darstellen und vor lauter Bedürfnis, zu gefallen, ihre zum Teil mißfälligen Eigenschaften verraten, dann will ich dies ein wenig gutmachen, indem ich sie achte und ihnen die Schwächen nachsehe, die ohne meine Gegenwart zweifellos unauffällig blieben. Frauen, sagte Sophie weiter, die Männer bewußt oder unbewußt zum Scharren verleiteten, um sich nachher über das Scharren zu mokieren oder gar aufzuregen, habe sie nie sehr geschätzt, in diesem Verhalten komme eine Verlogenheit zum Ausdruck, die sie unangenehmer berühre als männliche Gefallsucht oder

Aufschneiderei, denn während diese sich gleichsam und immerhin nach einem imaginären Oben streckten, zeuge jene von niederer Gesinnung. Mir gefiel diese Ansicht, und ich ließ mich von Sophies Langmut sogar anstecken, aber ich wandte doch ein, daß der Hang zur Selbstdarstellung, die Eitelkeit, überhaupt jede ausgeprägte Form des Sichwichtig-Machens und -wichtig-Nehmens irgendwann ein Ende haben müßten, irgendwann, fand ich, müßte die Angst, nicht zu gefallen, abgelegt, der Spiegel zertrümmert, die Schminke entsorgt werden, wer sich im Alter noch spreize, zum Gaukler und zum Narren mache, verdiene jedenfalls keinen Beifall, und auf Achtung habe nicht Anspruch, wer nur die Zähne verliere, nicht aber die Torheiten. Möchtest du alt werden? fragte Sophie. Ja, sagte ich, darum habe ich doch den Infarkt überlebt, ich möchte nicht grün und sauer vom Ast fallen, sondern rot und süß, und du? — Ich fände es schön, wenn wir uns nie ganz aus den Augen verlieren würden, sagte Sophie, und vielleicht sollten wir jetzt zu unserer Wandergruppe aufschließen.

Eigentlich hätte sie, da ihre Leistung fünfundachtzig Watt betrug — ermittelt wurde die Wattzahl aufgrund eines Belastungs-EKGs sowie eines Gehtests über eine Strecke von fünfhundert Metern bei fünfzig Metern Höhendifferenz —, eigentlich hätte Sophie Ascher in die Gruppe II eingeteilt werden müssen, während man mich mit meinen dreiundsiebzig Watt in der Leistungsgruppe III, der zweitschwächsten, unterbrachte. Eine undurchschaubare, aber freundliche Fügung hatte es gewollt, daß Sophie trotz ihrer stattlichen Wattzahl dann doch in die gleiche Gruppe wie ich kam, und es ist denkbar, daß ich ohne diese Fügung heute ein etwas anderes Lebensgefühl und etwas andere Aussichten hätte, dazu dann später Näheres. Auf jeden Fall ist mir der Kuraufenthalt durch sie — die Fügung und die Sophie — sehr erleichtert worden, ich habe mich vor dem Einschlafen fast immer auf den folgenden Tag gefreut. Ohne förmlich verliebt zu sein, habe ich mich auf den folgenden Tag gefreut, auf Sophies Gesicht, das stark und klar, fast wie aus Holz geschnitten aussah und darum gar nicht recht zu ihrem zierlichen und scheinbar schwachen Körper, zu ihrer eher dünnen, aber angenehmen Stimme passen wollte, passen will, auf das Gespräch mit Sophie hab ich mich gefreut und auf die Wanderung, die das Gespräch ermöglichte, nicht aber auf die Mahlzeiten, obwohl auch die uns irgendwie zusammenführten, weil wir bei jedem Votum unserer Tischgenossen ähnlich zu fühlen schienen. Wenn beispielsweise Spettel, Roastbeef und Bratkartoffeln zu sich nehmend, die Auffassung vertrat, daß wir der Übervölkerung der Erde Vorschub leisteten durch unsere Hilfe an die Hungernden in Afrika und anderswo, statt sie, wie die natürlich regulierende Natur es wolle, in Gottes Namen fahren zu lassen, so spürte ich, daß Sophie Ascher dem Schmatzenden das gleiche hätte sagen wollen und hätte sagen sollen wie ich, nämlich daß jeder Lebende zur Übervölkerung beitrage und daß gar mancher Rentner, falls die Natur das Sagen hätte, kein Roastbeef mehr verzehren würde. Oder wenn Marugg, pensionierter Sekundarlehrer, auf meine Frage hin, ob er das lebenslängliche Taxieren, Zensieren, Benoten nicht manchmal als Belastung oder zumindest als problematisch empfunden habe, antwortete, daß er immer streng, aber gerecht gewesen sei und daß ihm die Notengebungsspannweite von Eins bis Sechs viel Freiraum gelassen habe, dann glaubte ich zu wissen, daß nicht nur ich, sondern auch Sophie ein wenig fror. Und auf der nächsten Wanderung durfte ich dann erfahren, daß mein Eindruck richtig gewesen war, aber Sophie, so ähnlich sie auch empfand, plädierte immer für Milde und Gleichmut. Sie verstand zwar mein Bedürfnis, angesichts eines Wortes wie ›Notengebungsspannweite‹ zum reißenden Untier zu werden, aber sie billigte es nicht.

Gälli schließlich, der gläubige Taxifahrer, der überall im Kurhaus Broschüren und Traktate auflegte, schweißte mich und Sophie mit seinen unsäglichen Verlautbarungen vollends zusammen. Daß er vor jedem Essen, auch vor dem Frühstück, die Hände faltete, die Augen schloß und still für die Bescherung dankte, nahm ich ihm nicht im geringsten übel, wirklich nicht, ich respektiere jeden Gläubigen, solange er den Mund hält und mich und andere in Ruhe läßt, aber Gälli hatte sich vorgenommen, der gesamten Kurhausbelegschaft unter Einschluß der portugiesischen Zimmermädchen den Weg zu weisen, und in der Ausübung dieser Christenpflicht legte er eine so grenzenlose

Hartnäckigkeit an den Tag, daß er mehr und mehr zum Schrecken des Hauses wurde, was er, scheuklappig, wie er war, nicht einmal zu bemerken schien. Man sagt, daß solche Nachfolger vielleicht übereifrig, nie aber bösartig seien, ich zweifle daran, und was Gällis Christentum wert war, zeigte sich spätestens auf dem ersten Ganztagesausflug, als er sich als einziger über Mehmet, Türke, Moslem, nicht nur lustig machte, sondern auch sinnlos aufregte, weil dieser die Gerstensuppe, die in einer Alphütte zubereitet wurde und die zerkochten Schinken sowie Speckwürfel enthielt, nicht aß. Anderntags, beim Frühstück, als Gälli den Vorfall nochmals bereden wollte, schnitt ihm Sophie, die sanfte Sophie, das Wort ab, nannte ihn einen vernagelten Tropf, entschuldigte sich umgehend und leider dafür, atmete sonderbar zirpend und ging.

Die jähe Intervention hatte alle Anwesenden tief beeindruckt und Sophies Ansehen noch erhöht. Stimmung und Sprechfreude bei Tisch waren während einiger Tage gedämpft, und die Männer warfen nach jedem Sätzchen einen raschen Blick auf Sophie, um zu schauen, ob sie es auch gnädig aufnehme, denn allen graute davor, plötzlich einen so dramatischen Verweis zu bekommen wie Gälli, der übrigens nicht beleidigt schien, sondern sich bußfertig um die Rückgewinnung von Sophies Wohlwollen bemühte, sei es durch Schmeichelreden, sei es dadurch, daß er ihr über Maruggs Teller hinweg Mineralwasser einschenkte. Sophie, betrübt über die allgemeine Leisetreterei, fragte mich, was man tun könne, um das Klima zu entkrampfen und von der Traufe wieder in den Regen zu kommen, und ich empfahl ihr, sofern es sie nicht zu viel Überwindung koste, den Herren das Du anzubieten. Dies tat sie, und wirklich hatte ihre Geste zur Folge, daß die Eingeschüchterten ihre übertriebene Vorsicht innert Minuten verloren und schnell zu ihrer alten Redseligkeit zurückfanden. Rindlisbacher erzählte von seiner Bronzemedaille, Marugg erläuterte, daß es sich bei der Bronze um eine Kupferlegierung handle und daß die Medaille vermutlich aus Gußbronze sei und also bis zu zwanzig Prozent Zinn enthalte, was Rindlisbacher, so richtig es war, in Zweifel zog, da er argwöhnte, Marugg wolle seine Medaille herabsetzen. Und mit Eifer nahm der ermutigte Gälli seine Missionstätigkeit wieder auf, kam über die Bronzemedaille zum Sport, über den Sport zur Volksgesundheit und über die Volksgesundheit zum Schweizervolk, das sich durch schamlose und wahrscheinlich von ausländischen Zirkeln gesteuerte Präservativ-Kampagnen zu einem Lotterleben anstiften lasse, statt sich endlich wieder auf die Gebote dessen zu besinnen, der. An dieser Stelle tat Gälli, als habe er sich verschluckt, dabei hatte er nur gesehen, daß Sophie die Augenbrauen etwas zusammenzog, und so behielt Sophie trotz der gelockerten Zügel ihre Stellung und ihren mäßigenden und maßgebenden Einfluß. Es überbordete keiner, und keiner trat ihr zu nahe, denn alle wußten, daß auch eine geduzte Königin eine Königin bleibt.

Sie ist meine Freundin geworden. Wenn ich Freundin sage, dann meine ich nicht Geliebte. Ich habe es genossen und als eine Art Naturwunder empfunden, daß wir uns bei aller Zuneigung nicht begehrten, und der Ausdruck ›Naturwunder‹ soll die Vermutung ausschließen, unsere Körper seien zu matt oder zu sehr mit sich selbst beschäftigt gewesen, um sich nach anderen umtun zu können oder zu wollen. Der meinige jedenfalls, der sich von Tag zu Tag kräftigte, wollte mitunter durchaus, aber er wollte nicht Sophie, und so erfuhr ich, daß ein gewisser Abstand jene Fremdheit aufheben kann, gegen die man mit leiblichen Übergriffen oft so vergeblich anstürmt. Die Nähe mußte weder ertrotzt noch auf die gängige Weise bestätigt werden, und während die Liebesbeziehung sich fast immer gefährdet glaubt — Bist du lieb? Hast du mich lieb? Ist dir mein Körper verleidet? —, war unsere Freundschaft sorglos, frei von Geflacker und Zwängen. Ich fand es angenehm, mit einer Frau zusammenzusein und zu reden, ohne spüren zu müssen, wie die Begierde danach trachtet, den Eigenwert des Redens und Zusammenseins gleichsam zu unterspülen, denn der Begierde ist alles nur Vorspiel, und alles ordnet sie sich unter. Ich habe es genossen, nicht abgelenkt zu sein und keine Anstalten treffen zu müssen, und wenn ich an den fast animalischen Ernst dachte, mit dem sich Mann und Frau umarmen und ineinanderwühlen, so wurde mir leicht.

Die Nähe, von der ich sprach, war nicht eine Folge des Wissens, das wir voneinander hatten, auch nicht dessen Ursache, denn erstens war diese Nähe von Anfang an da, und zweitens war es keineswegs so, daß wir uns besonders gründlich übereinander ins Bild gesetzt hätten. Wir wußten wenig Geschichtliches voneinander, du darfst dir nicht zwei Menschen vorstellen, die jede ungestörte Minute dazu verwenden, sich ihren Lebensgang anzuvertrauen. Ich wußte, daß Sophie seit einigen Jahren geschieden war und in Genf lebte, wo sie bis zum Auftreten schwerer Störungen der Atemregulation Viola-Unterricht an einer Musikschule erteilt hatte. Sie wußte etwa gleich viel von mir, gleich wenig, wir forschten einander nicht aus, wir merkten, daß das Besondere unseres Verhältnisses etwas zu tun hatte mit dem Mangel an gegenseitiger Kenntnis, der uns auf befreiende Weise unberechenbar erscheinen ließ und jeden unserer Sätze zu einer Überraschung machte, zu einem kleinen, mit Neugier erwarteten Ereignis. Fragte ich Sophie zum Beispiel, wie sie sich entscheiden würde, wenn man sie plötzlich vor die Wahl stellte, entweder blind oder aber taub werden zu müssen, so verminderte zwar mein Wissen, daß sie Musikerin war, die Spannung auf die Antwort bereits ein wenig, aber die Spannung war immer noch größer, als wenn ich einen mir gut bekannten Menschen gefragt hätte, dessen Antwort vorhersehbar gewesen wäre. Sie wollte übrigens lieber taub werden als blind, es wäre, sagte sie, ihrem Wesen gemäßer, schauend in tiefer Stille zu sitzen als hörend in der Finsternis.

Auch über den Tod versuchten wir zu sprechen, und keines verübelte dem anderen das Stammeln, aber eigentlich sprachen wir gar nicht über den

Tod, sondern über die Art unserer Bewegung zu ihm hin. Eigentlich ging es um die Frage, wie wir Abschied nehmen würden von der Welt, oder genauer: mit was für Kunstgriffen — du mußt das Wort in Anführungszeichen setzen — wir uns den Abschied zu erleichtern suchten, und Sophie sagte, sie würde, wenn sie sich unwiderruflich trennen müßte von einem geliebten Mann, die hellsten Züge dieses Mannes und alles Schöne, das sie von ihm empfangen hätte, in sich bewahren, dies gäbe ihr die Kraft, den Abschied zu ertragen. Mir ginge es wahrscheinlich umgekehrt, sagte ich, ich sei nicht auf Versöhnung aus, und wäre die Welt eine Frau, von der ich mich zwangsweise lösen müßte, so würde ich mir ihre Runzeln vergegenwärtigen und ihren gelben Stiftzahn und sämtliche Charaktermängel, ein unhaltbares Weib! würde ich mir zurufen und den Abschied als Segen zu empfinden versuchen. Dann bist auch du auf Versöhnung aus, sagte Sophie, aber auf andere Weise als ich, ich möchte mich mit der Welt versöhnen, damit ich leichter sterben kann, und du versöhnst dich mit dem Sterben, indem du Welt und Leben schmähst. — Und ist das unreif? fragte ich. Unreif nicht unbedingt, sagte Sophie, aber schade, schade und vielleicht doch ein bißchen unreif. Wie kann, wer rot und süß vom Ast zu fallen hofft, zugleich all das verwünschen, was nötig ist, ihn rot und süß zu machen? So Sophie sinngemäß.

19

Es geht nicht. Heute nicht, ich zittere. Ja, es ist heiß, Frau Guhl behauptet, es sei schon Mitte Juli, ich bin so zitterig, die Tage rollen, die Hitze wäre tragbar, aber das Lämpchen. Früh um halb sieben dusche ich, das Funkgerät liegt auf der Glasablage oberhalb des Lavabos, ich dusche sitzend in der Badewanne, da blinkt es plötzlich, plötzlich seh ich das rote Lämpchen blinken, die Brause fällt mir aus der Hand, ich will den Wasserhahn zudrehn und bringe meinen Arm nicht hoch, ich bin im größten Aufruhr und bin trotzdem gelähmt, verstehst du das? Dort blinkt und winkt die Rettung, mein Körper aber, statt aufzuspringen, stellt sich tot. So ein Kumpan. So ein perfider Eigenbrötler. Ich sitze, starre auf das Lämpchen, es blinkt und blinkt, und erst als es erlischt, löst sich der Körper, gehorcht mir wieder, ich schließe den Hahn, ich stemme mich hoch, Ohrensausen, hinkender Herzgalopp, ich steige aus der Wanne und knie nieder vor der WC-Schüssel, würge, würge, der Magen ist leer, und dann zum Telefon, nackt, naß, Frau Guhl wird mir die Pfützen nicht verübeln, ich habe die Nummer der Klinik im Kopf, zehnmal, zwanzigmal lasse ich läuten, die klassische Weiberwirtschaft, sage ich in die Muschel, faule Säue! rufe ich in die Muschel, bis endlich jemand abhebt, ein Mann sagt: Moment, ich verbinde, und dann noch dreimal: Moment, ich verbinde, dann Warten, dann der Bescheid: Fehlavisierung, Funkpanne, falscher Alarm, wir bedauern.

Ich habe mich auf den Bettrand gesetzt und mir die Nasensonde in die Nasenlöcher gesteckt, aber der Körper hat sich nicht beruhigen wollen und hat den Ehrgeiz und die Niedertracht gehabt, nach seinem Stupor zu beweisen, daß er auch einen Tremor inszenieren kann, und hat mich schlottern lassen, und als Frau Guhl kam, um halb neun, hab ich das Schlottern nicht verbergen können und mich geschämt. Ich habe Frau Guhl die Ursache der kleinen Überschwemmung im Badezimmer und der nassen Stapfen in Gang und Stube erklärt, und Frau Guhl hat gesagt, seit sie wisse, wie es mit mir stehe, komme ihr Kopf nicht mehr zur Ruhe, sie frage sich zum Beispiel und vor allem, ob es möglich sei, einem Mann das Herz einer Frau einzupflanzen. Ein Spenderherz, sagte ich, müsse ziemlich genau die gleiche Größe haben wie das zu ersetzende Herz des Empfängers. Wenn es zu groß sei, habe es keinen Platz in der von Zwerchfell, Lungen und Rippen begrenzten Brusthöhle, und wenn es zu klein sei, rutsche es herum wie ein Kinderfuß in einem Erwachsenenschuh. Nun betrage das durchschnittliche Gewicht eines Frauenherzens zweihundertsechzig Gramm, das eines Männerherzens dreihundertzehn Gramm, doch dies seien eben nur Durchschnittswerte, es gebe kleine Männerherzen und große Frauenherzen, die paßten dann zusammen, so daß es also durchaus möglich sei, dem Mann ein Frauenherz zu implantieren und umgekehrt, sofern das Blut der beiden sich vertrage. Ich zum Beispiel habe Blutgruppe A, Rhesusfaktor positiv, und Sie? — B negativ, sagte Frau Guhl enttäuscht, und da ich ihre Enttäuschung nicht vergrößern wollte, verschwieg ich, daß das Höchstalter für Spenderinnen und Spender bei vierzig Jahren liegt und daß ich mir, obwohl ich nicht wählerisch sein darf, nicht nur ein gutes Herz gönnen würde, sondern, sondern.

20

Hättest du gezaudert? Ich habe nicht gezaudert. Ich habe sofort zugestimmt, blindlings, und blindlings heißt: Ich habe mich zuerst entschieden, dann erst mit den Entscheidungshilfen bekannt gemacht, aber die Kenntnis der medizinischen Gegebenheiten, Probleme, Risiken hat mich von meinem Entschluß nicht mehr abbringen können, und ich begreife gut, daß auch der Ritter nicht lange gezögert hat, als ihm der jungfräuliche Rettungsengel die Hand reichte.

Es wäre übrigens nicht zweckmäßig, wenn ich die Rittergeschichte zu Ende erzählte, es wäre nicht haushälterisch, denn jeder meiner Sätze zehrt an mir, das Sprechen, so wichtig es mir ist — ich müßte verdumpfen, wenn mir durch höhere Gewalt auch noch das Wort entzogen würde —, das Sprechen schwächt, es greift mich an, und darum will ich mich beschränken auf meine eigene Geschichte beziehungsweise Vorgeschichte, und falls du möchtest, leih ich dir das Ritterbüchlein aus, ich spare Zeit und Kraft, wenn du es selbst zu Ende liest.

Also, kein Schiffbrüchiger wird sich Bedenkzeit ausbedingen, er springt, gemäß naturmechanischem Diktat, sofort ins Rettungsboot. Zur Besinnung bin ich erst nach dem Sprung gekommen, sogar der Schrecken hat mich erst mit Verzögerung befallen. Im Augenblick, als mir — neun Wochen sind es her — eröffnet wurde, wie es mit meinem

Herzen stand, nämlich so aussichtslos, daß nur noch die Verpflanzung bleibe, denn ohne neues Herz — zu dieser Auskunft mußte ich die Ärzte durch wiederholtes Fragen förmlich zwingen — betrage meine Frist nach menschlichem Ermessen vielleicht ein halbes Jahr, vielleicht auch weniger, wahrscheinlich eher weniger — in diesem Augenblick blieb ich fast unberührt, ich war sogar, wenn ich mich recht erinnere, der Aufgeräumtheit näher als dem Schock, ich weiß, es ist pervers, es ist fast nicht erklärbar, ich hatte das Gefühl, als stecke in mir drin ein anderer, der einvernehmlich nickte, der Diagnose und Prognose mit beinah lüsternem Behagen aufzunehmen schien.

Die Angst kam auf dem Heimweg. Erst auf dem Heimweg war ich fähig, zwei Informationen, die ich bekommen hatte, wirklich aufzunehmen und aufeinander zu beziehen, sie als Prämissen zu begreifen, aus denen zwingend auf ein Drittes geschlossen werden mußte: Wenn es zutraf, daß ich mit meinem alten Herzen noch maximal ein halbes Jahr zu leben hatte, und wenn es zutraf, daß es in Anbetracht der Warteschlange und des beschränkten Angebots ein halbes Jahr lang dauern konnte, bis ein geeignetes Organ für mich gefunden war, dann saß ich neben einer Bombe, gefesselt, und hörte sie im Rhythmus meines Herzens ticken, und wann und ob die sachverständigen Entschärfer anrücken würden, blieb ungewiß.

Immerhin — und daran hielt ich mich und halt ich mich: Ich habe, im Unterschied zu anderen, die Wahl und das Vorrecht gehabt, mich für oder gegen die Rettung zu entscheiden. Und ich habe mich rasch für die Rettung entschieden, auch wenn die Rettung nur ein Aufschub ist, doch jede Lebensminute, auch die des Kerngesunden, bedeutet Aufschub, und ich bin auf dem Heimweg im Taxi gesessen und habe einen rasenden Appetit auf das Leben gehabt und zugleich Todesangst, und Lebensgier und Todesangst haben sich vereinigt, haben in mir gegellt, schrill, ich glaubte Risse zu bekommen.

21

Eines Abends, zu Anfang der dritten Woche des Kuraufenthalts, saß ich zum erstenmal mit Sophie Ascher in meinem Zimmer, um ein auf der nachmittäglichen Wanderung begonnenes Gespräch fortzusetzen, das unruhig und verworren gewesen war wie jedes im starken Schneetreiben geführte Gespräch. Krankheit, hatte Sophie gesagt, sei kein Unglück, sondern eine Chance, da sie die gewohnte Lebensführung unterbreche und dadurch auch thematisiere, der Einschnitt, Einbruch, Unterbruch schaffe Distanz und damit Übersicht, kurz, die durch Krankheit erzwungene Atemrast ermögliche jene Besinnung, zu der wir, eingespannt wie wir seien, auf andere Weise kaum noch kämen. Ich hatte entgegnet, daß es für die meisten Menschen besser sei, gesund zu bleiben und nicht zur Besinnung zu kommen — in Klammern gesagt: ich habe auch mich ein wenig mitgemeint —, denn wenn sie zur Besinnung kämen, müßten sie außer mit ihrer Krankheit auch noch mit dem Entsetzen fertig werden, das sie befallen würde, wenn sie ihr Dasein musterten. Darauf hatte Sophie mit Unwillen reagiert und mir Negativismus vorgeworfen, was mich zur Bemerkung herausforderte, daß das sogenannte positive Denken eine Domäne der Amerikaner und der Frauen sei und daß sich ihm, wie ich bei meiner ehemaligen Lebensgefährtin beobachtet hätte, wirklich vernünftige Menschen höchstens vorübergehend verschreiben könnten, denn es gehöre zum Wesen der Vernunft, nein und nicht ja zu sagen, zum Jasagen genüge ein Strohkopf oder ein artiges Herz.

Sophie hatte sich bedankt, eine Weile lang geschwiegen und dann gesagt, unter ›positiv‹ verstehe sie nicht blind bejahend, sondern liebend, der positive Blick auf die Welt, auf die Mitmenschen und auf sich selbst sei also der liebende Blick, und diesem zeige und enthülle sich vieles, was der negative, der böse, der sogenannte vernünftige Blick übersehe; der liebende Blick stoße vor bis zum Gelungenen und Liebenswerten, das freilich oft verborgen und verschüttet sei, und insofern müsse dieser Blick als der im Wortsinn radikale gelten.

Könnte es, hatte ich nach einer längeren Pause, während der ich verwirrt nach ein paar Schneeflokken schnappte, gefragt, könnte es nicht anders und umgekehrt sein? Ist der liebende Blick vielleicht nur darum ein liebender, weil er sich nicht bis zum Kern beziehungsweise zur Wurzel vorwagt, weil er, bildlich gesprochen, das rosige Fleisch fixiert und vom Gerippe ab- und wegsieht? Bliebe der Blick ein liebender, wenn er wirklich radikal würde, die Hülle durchdränge und das Mißlungene und Hassenswerte, das freilich oft verborgen, wenn auch nicht unbedingt verschüttet ist, entdeckte? Und da ich schon beim Fleisch bin: Ich schätze ein rassiges Schnitzel, ich würdige es mit einem positiven Blick, bevor ich es verzehre, aber sobald ich seinen Weg zurückverfolge, sobald ich das Schwein vor mir sehe, das grunzende, das kotbesudelte, dann das im Schlachthaus grausig quiekende, dann den obszönen, an einem Haken hängenden Kadaver, verliere ich den Appetit und schwöre mir: Nie wieder Schnitzel! und esse eine Woche später wieder Schnitzel, so leben wir.

Und warum ißt du, hatte Sophie gefragt, eine Woche später wieder Schnitzel? — Weil es mir immer wieder gelingt, die Frage nach seinem Woher — und auch nach seinem traurigen Wohin — zu unterdrücken, verstehst du, mein Blick ist nur sporadisch radikal, normalerweise tut er trüb beziehungsweise positiv, das heißt, er ruht mit Sanftmut auf dem Schnitzel, verbietet sich das Bohren und nimmt das Schweinische nicht wahr.

Dies, sehr grob skizziert, der Inhalt unseres Gesprächs im Schneegestöber, und weil es uns so unbefriedigend, unabgeschlossen schien und ruppiger verlaufen war als üblich, hatten wir beide das Bedürfnis gehabt, es fortzuführen und unser Unbehagen dabei loszuwerden. Es war halb fünf, um diese Zeit hatten wir uns manchmal ins Kurhaus-Restaurant gesetzt, um einen Kaffee zu trinken, aber an diesem Abend hatte Sophie erklärt, daß im Kurhaus-Restaurant alles verfehlt sei und daß sie im Moment weder die Ländlermusik noch die Schiefertische, die nicht aus Schiefer, sondern aus Kunststoff seien, ertrage, und am allerwenigsten die Lampenschirme aus Pergament-Imitat. Darum saßen wir jetzt in meinem Zimmer, Sophie im Sessel, ich ihr gegenüber auf dem Bett, und die ungewohnte Intimität machte uns so befangen, daß es uns eine Weile lang nicht gelang, den ohnehin verwickelten Faden wieder aufzunehmen. Mich dünkt, sagte Sophie schließlich, daß deine Radikalität ein wenig tödelt. — Ich stand auf, trat zur Balkontür und fragte, wie sie das meine. Sie überlegte, ich schaute hinunter auf das gegenüberliegende Postgebäude, ein gedrungener Flachdachzweckbau aus den sechziger Jahren, das Postauto war eben angekommen, ein paar Menschen stiegen aus und strebten ins Dunkle, ich merkte, daß ich allein sein wollte. Ich bin nicht radikal, sagte ich, weil Sophie weiterschwieg, ich lebe doch wie geschmiert, aber Radikalität ist mein Ziel. — Auch wenn sie dich das Leben kosten würde? fragte Sophie, und bevor ich sagen konnte, daß ich die Frage nicht verstünde, summte mein Telefon, ich hob ab, der Portier meldete, es sei Besuch für mich da, ob die Dame heraufkommen könne oder ob ich hinunterkäme. Ich brauchte ziemlich lange, um mich zu entscheiden, hallo? fragte der Portier, ich sagte: Bitte herauf. — Und zu Sophie sagte ich: Gleich wirst du meine Schwester oder meine Mutter kennenlernen. — Ich will nicht stören, sagte Sophie, ich gehe lieber. — Schade, du würdest dich mit meiner Schwester gut verstehen. — Sie kommt doch deinetwegen, sagte Sophie, sie will dich doch nicht mit mir teilen.

Ich stand unter der Tür, ich sah aus einer Distanz von etwa zwanzig Metern, wie sich die Gehende und die Kommende im Korridor kreuzten, ich hörte, wie sich ihre Schritte für einen Augenblick verlangsamten und sofort wieder beschleunigten, und obwohl die Kommende das Licht des hellerleuchteten Treppenhauses im Rücken hatte, erkannte ich sie an ihrer Silhouette und an der Art ihres Gangs, es war mir unmöglich, Regina entgegenzugehen, und als sie mich umarmte, muß sie das Gefühl gehabt haben, ein Stofftier zu umarmen.

Wir haben uns lange nicht fassen können, ich bin auf dem Bett gesessen, Regina im Sessel, du siehst gut aus, hat Regina gesagt, du siehst überhaupt nicht krank aus, nur etwas schmaler im Gesicht als sonst, und ich habe gesagt, daß es mir sehr gut gehe, und gefragt, wie es ihr gehe, und sie hat gesagt, ihr gehe es gut, und gefragt, ob mich ihr Überfall belaste oder störe und warum ich ihr meinen Infarkt verheimlicht hätte. Ich habe gesagt, die Vorstellung, daß sie sich verpflichtet fühlen könnte, mich zu besuchen, sei mir unangenehm gewesen und habe mich davon abgehalten, sie ins Bild zu setzen, aber nun sei sie ja offenbar von meiner Schwester über den Zwischenfall unterrichtet worden. Es ist dir nie gelungen, hat Regina geantwortet, meine Gefühle mir zu überlassen, immer hast du gemeint, meine möglichen Gefühle und Reaktionen vorausfühlen zu müssen, das ist deine Art von Einmischung gewesen. — Diese Aussage hat mich augenblicklich verstimmt und verbittert, ich habe nicht begreifen können, warum mich Regina schon in den ersten Minuten bemängelte, ja, habe ich gesagt, ich bin leider noch immer das alte Arschloch, und du bist hergekommen, um mir das mitzuteilen. — Regina ist erschrocken, sie ist aufgestanden, hat sich neben mich gesetzt und meine Hand genommen. Ach, wenn du wüßtest, hat sie gesagt, und in ihrer Stimme ist viel Wärme gewesen, große Wärme, ich habe mich zusammennehmen müssen.

Kurz vor halb sechs sind wir im Büro des Kurhaus-Administrators gestanden, ich habe mich vom Nachtessen abgemeldet und den Administrator gefragt, ob noch eins der Besucherzimmer frei sei für meine Frau. Es seien noch einige frei, hat der Administrator gesagt, aber ob es uns nicht angenehmer wäre, wenn er ein Klappbett in mein Zimmer bringen lasse. Einen Moment lang sind Regina und ich etwas verdattert gewesen, dann habe ich schnell und bestimmt gesagt, daß es mit einem Zusatzbett doch recht eng würde. Ganz wie Sie meinen, hat der Administrator gesagt und Regina den Schlüssel für ein Zimmer im dritten Obergeschoß ausgehändigt.

Später haben wir zusammen gegessen und Rotwein getrunken, und zwar in der pseudoheimeligen Arvengaststube, die ich schon am Tag meiner Ankunft kennengelernt hatte. Mäßiger Alkoholgenuß war mir übrigens ausdrücklich erlaubt worden, aber da ich bisher von dieser Erlaubnis fast keinen Gebrauch gemacht hatte, ist mir der Wein rasch in den Kopf gestiegen. Ich bin rührselig geworden, ich habe Regina, wahrscheinlich in der Hoffnung, etwas Beseligendes zu hören, gefragt, ob ihr Besuch einen bestimmten Grund habe. Regina hat sich eine Zigarette angezündet und gesagt, sie habe als Delegierte des schleswig-holsteinischen Landesamts für Denkmalpflege an einer Fachtagung über Datierungsmethoden teilgenommen, in Zürich, und da habe sie noch Zeit gehabt, auf einen Sprung zu mir heraufzukommen. Hoffentlich hast du hübsche Bekanntschaften gemacht, habe ich gesagt, und Regina hat gesagt: Nicht so hübsche wie du, und die blonde Frau, die, als ich kam, aus deinem Zimmer huschte, hättest du mir getrost vorführen können. — Erstens ist sie nicht gehuscht, habe ich gesagt, zweitens führt man nur Tiere vor. — Regina hat geraucht und abwesend gewirkt. Ich finde keine Ruhe, hat sie plötzlich gesagt, der Wind regiert mich, ich könnte mich dir heute in die Arme werfen, es wäre morgen früh schon falsch, so wie es morgen früh schon falsch sein wird, daß ich mich heute nicht in deine Arme werfe. — Aber deine Entschlüsse sind doch immer so bestimmt gewesen, habe ich nach einer längeren Pause gesagt, und Regina hat geantwortet, Entschlüsse könnten auch das Ergebnis von Entschlußlosigkeit sein und Bestimmtheit eine Notmaßnahme gegen Zweifel.

Ich habe gespürt, daß Regina unglücklich war, und ich habe nichts zu sagen gewußt. Auch hat mich die laute Stimme eines Mannes abgelenkt, eines Einheimischen, der zusammen mit ein paar Kurgästen am Stammtisch gesessen ist und immer wieder ausgerufen hat: Siebenundneunzig Häuser, siebenundneunzig Häuser, Schutt und Asche, Schutt und Asche! — Und allmählich habe ich mitbekommen, daß das Dorf, dessen lebloses Siedlungsbild mich am ersten Tag sehr verwundert, in der Folge aber nicht mehr beschäftigt hatte, vor etwa hundertfünfundzwanzig Jahren durch eine

Brandkatastrophe fast völlig zerstört worden war. Verständlicherweise hatten die Gebrannten beim Wiederaufbau ihres Dorfs nur noch an Brandverhütung und -bekämpfung denken können: Abstand statt Enge und Geschlossenheit, Steinwerk statt Holz, und statt Bewegung Gleichmaß.

Ich habe Regina gefragt, ob sie nicht auch finde, daß Gleichmaß ein Kind der Angst sei, aber Regina, die ebenfalls schon ziemlich viel getrunken hatte, hat nur gesagt, sie finde nichts und nicht einmal sich selbst. Sie lebe ungefähr. Sie gelte als tüchtig und sei es. Sie forsche, publiziere und so fort, aber zu keiner Stunde verlasse sie das Gefühl der vollkommenen Scheinhaftigkeit ihres Tuns. Was immer sie sage, mache, vollbringe: sie meine und suche anderes, doch dieses andere sei dunstumhüllt. Sie lebe neben sich her. Sie müsse nur den kleinen Finger bewegen, und schon höre sie die Stimme. Ungültig, ungültig, ungültig! rufe die Stimme. Aber du bist der letzte, der mich verstehen kann, hat Regina gesagt, denn du bist immer aus *einem* Stück gewesen.

Dieser unbegreifliche Satz hat meine Anteilnahme und meine durch Reginas Not und Rückhaltlosigkeit bewirkte Aufwallung sofort abgewürgt, und statt ihr, wie ich es vorher gewollt hätte, zu sagen, daß ihr Empfinden mir nicht fremd sei, auch wenn mich das Gefühl, eine Scheinexistenz zu führen, nur selten streife, meist nur in einer schlaflosen Stunde, im Schutz der Finsternis — statt ihr also dieses zu sagen, habe ich gesagt, es sei ihr offenbar wie vielen Frauen ein Bedürfnis, nicht verstanden zu werden, und ob sie ins Vorderprättigau gereist sei, um sich ihr Bedürfnis von mir stillen zu lassen.

Regina hat wieder meine Hand genommen, versöhnlich, in mir hat sich wieder Rührseligkeit breitgemacht, ekelhaft, ich habe Regina erzählt, daß ich in einer Toilette am Stadtrand von Tunis von großer Angst befallen worden sei, allein verenden zu müssen, ich hätte mich in jenen Augenblikken nach ihr gesehnt, nach ihrer Nähe, ihrem Beistand. Dieses Bekenntnis hat wiederum Regina gerührt, sie hat gesagt, auch sie fühle sich dann und wann von Anhänglichkeitsgefühlen durchrieselt, und neulich, als sie auf dem Friseurstuhl gesessen sei, habe sie mich sogar zu sehen gemeint, im Spiegel, ich sei hinter ihr gestanden und hätte den Kopf geschüttelt, so sehr scheine sie mein uraltes Verbot, sich die Haare schneiden zu lassen, verinnerlicht zu haben. Ich habe geantwortet, daß ich mich nicht erinnern könne, je ein solches Verbot ausgesprochen zu haben, ich hätte immer nur den Wunsch geäußert, sie möge sich nicht ohne Not verwüsten. Verführerisch fast hat mich Regina angelächelt und gefragt, ob mich ihr neuer Kopf nun in der Tat so garstig dünke, wie ich befürchtet hätte. Er sei, habe ich gesagt, vom denkmalpflegerischen Standpunkt aus haarsträubend, sonst aber schön.

Gegen zehn Uhr sind wir Arm in Arm zum Kurhaus zurückspaziert. Es kann doch nicht ungültig sein, habe ich zu Regina gesagt, daß wir jetzt Arm in Arm durch Kälte, Schnee und leere Straßen gehn und uns für eine Weile wärmen. — Es ist gültig, hat Regina gesagt, es ist unwirklich, aber gültig.

Regina hat mich noch bis vor mein Zimmer im ersten Obergeschoß begleitet, dort sind wir zögernd gestanden, ohne zu reden, ohne Berührung, voller Verlangen.

22

Die Tatsachen, die ich nach und nach in Erfahrung habe bringen können und mit denen ich mich nicht befreunden, sondern nur abfinden muß, sind, laienhaft zusammengefaßt, die folgenden: Das Organ, das ich bekommen werde, wird einem jungen Menschen gehört haben, der seine Spendebereitschaft zu Lebzeiten schriftlich bekundet hat oder dessen nächste Angehörige der Entnahme zugestimmt haben. Über seine Identität werde ich keinerlei Auskunft erhalten. Ich habe am Sinn dieser Vorschrift herumgerätselt und schließlich den Kardiologen um Aufschluß gebeten. Die Vorschrift, so der Kardiologe, diene meinem psychischen Schutz und jenem der Angehörigen; groß und begreiflich sei die Versuchung des Empfängers, Nachforschungen über Leben und Persönlichkeit des Spenders anzustellen, um zu erfahren, wessen Herz in ihm, dem Empfänger, weiterschlage. Die Wahrscheinlichkeit, im Zuge dieser Nachforschungen mit den Angehörigen des Spenders, etwa mit seiner Frau oder seinen Eltern, in Berührung zu kommen, sei ebenfalls groß, man müsse sich die Gefühlsverwirrung der Hinterbliebenen vorstellen, wenn sie vor dem Menschen stünden, der mit dem Herzen des verstorbenen Ehemannes oder Sohnes lebe, und vor dieser Verwirrung und seelischen Überforderung gelte es die Angehörigen zu schützen. Mich aber bewahre die Anonymität des Spenders vor möglichen belastenden Entdeckungen, denn da wir das Herz nach wie vor, wenn auch irrtümlicherweise, als Sitz der Seele, als personale Mitte und so weiter sähen — eine Vorstellung, die auch der aufgeklärte Mensch nie gänzlich aufzugeben in der Lage scheine, weil sie ihm durch unzählige sprachliche Wendungen, mit denen er aufgewachsen sei, förmlich aufgezwungen und einverleibt werde —, aus diesem Grunde also müßte ich, falls ich Schlimmes oder gar Schlimmstes über den Spender erfahren würde, tief und gesundheitsgefährdend beirrt sein.

Ich billige die Schutzmaßnahme, auch wenn sie mir eine zielgerichtete Dankbarkeit verunmöglichen wird. Meine Dankbarkeit, ich empfinde sie übrigens heute schon, ist diffus, und ich darf nicht ausschließen, daß sich in ihr die Schuldgefühle äußern, die mich ergreifen, sobald ich mir vergegenwärtige, daß mich nur noch der baldige und vermutlich gewaltsame Tod eines jungen Menschen retten kann. Will ich leben — und ich will leben —, muß ich den fremden Tod begrüßen. Freilich, Sophie Ascher hat es mir oft gesagt, in jedem Telefongespräch, mein Retter stirbt nicht meinetwegen, er opfert sich nicht, er würde, er müßte sterben zu seiner Zeit, auch wenn es mich nicht gäbe. Das ist richtig, gewiß, Nutznießer bleibe ich trotzdem.

Der Spender wird den Hirntod sterben. Er wird also, aller Voraussicht nach, verunfallen, verunglücken und sich dabei schwere Schädelverletzungen zuziehen. Er stirbt nicht am Unfallort, nicht eigentlich, denn seine Haut bleibt rosig, sein Kreislauf stabil, er wird in die Klinik gebracht, und während Puls, Blutdruck, Temperatur und andere Lebenszeichen noch durchaus wahrzunehmen sind, verflacht sich die Linie des Elektroenzephalogramms, die Hirnströme versiegen, der Hirntod tritt ein: der totale und irreversible Verlust aller Hirnfunktionen, der weltweit als Zeichen des Todes gilt. Ihn festzustellen obliegt richtliniengemäß einem unabhängigen, nicht an der Verpflanzung beteiligten Arzt.

Der Tote wird lebendwarm bleiben, bis alles bereit ist, bis alle bereit sind. Dann Längsschnitt vom Hals bis hinunter zum Schambein, Querschnitt von Seite zu Seite, Öffnung des Brustkorbs, Ligierung der Hohlvenen, Durchtrennung der Hohlvenen, der Lungenvenen sowie der Aorta, Entnahme des grauen, faustgroßen Herzens en bloc, Verpackung desselben in einen Beutel aus Plastik, Transport desselben in einer Kühlbox mit Eisschnee, dann bin ich an der Reihe.

Man öffnet mich. Die Binnenwelt wird aufgebrochen, der Körper angeschlossen an die Herz-Lungen-Maschine. Nach Unterbindung der Gefäße erfolgt der Schnitt auf Vorhofebene, das alte Herz wird exzidiert und kommt zur Ruhe, minutenlang bin ich entkernt, herzlos im strengen Wortsinn. Was wird mit meinem schlaffen Muskelsack geschehen? Gehört er mir? Wird er entsorgt? Ich werde fragen. — Nun passen sie das präparierte Transplantat in meinen Brustraum ein. Sie verbinden die Vorhöfe, sie vernähen die Stümpfe der Hauptschlagadern, sie entlüften die linke Kammer, entfernen die Klemmen und geben den Blutstrom frei. Alle umringen das Herz. Obwohl nur jedes zwanzigste den Dienst verweigert, hält man, vermute ich, den Atem an, bis es sich regt und rhythmisch zu schlagen beginnt. Geklatscht wird kaum. Man weiß: Die Operation ist technisch einfach und daher meist erfolgreich, Gefahr droht hinterher.

Intensivstation für drei bis vier Tage, Verlegung dann auf die normale Abteilung, nach einer Woche erste Gehversuche, nach ungefähr vier Wochen, sofern es keine Komplikationen gibt, Entlassung.

Es ist mir, weil ich gefragt habe, nicht verschwiegen worden, daß etwa zehn Prozent der Patienten innerhalb des ersten Jahres nach der Operation an Infektionen oder infolge der Abstoßung des Fremdorgans sterben. Es ist mir gesagt worden, daß ich nicht nur in der postoperativen Phase, sondern lebenslang starke Medikamente nehmen müßte, um die körpereigene Abwehrreaktion, die zur Abstoßung führen könne, zu unterdrücken, daß diese Immunsuppression wiederum die Anfälligkeit für Infektionen erhöhe, daß die Medikamente erhebliche Nebenwirkungen hätten, die durch andere Medikamente teilweise bekämpft werden könnten, daß schließlich in der ersten Zeit wöchentlich, später monatlich eine Herzmuskelbiopsie notwendig sei, bei der ein Spezial-Katheter zwecks Entnahme einer Gewebeprobe halsvenenabwärts zum Herzen geführt werde.

Trotz allem, hat der Kardiologe zu mir gesagt, trotz allem, Sie werden nicht mehr schwerkrank sein wie jetzt, Herr Hatt, freilich auch nicht ganz kerngesund, doch immerhin bedingt gesund, Sie können ein normales Leben führen, Sie werden wieder leistungsfähig sein. — Ich habe den Arzt, er heißt Kierling, gefragt, wie meine zeitlichen Aussichten stünden, falls ich nicht zu den erwähnten zehn Prozent gehören würde. Eine individuelle Prognose, hat Doktor Kierling gesagt, sei ausgeschlossen, aber die Sterblichkeitsrate sehe ermutigend aus, denn neunzig Prozent der Herzempfänger überlebten ein Jahr und fünfundsiebzig Prozent fünf Jahre.

Ich habe Doktor Kierling anläßlich der letzten Konsultation noch etwas gefragt, das ich mich, obwohl es mich kindischerweise von Anfang an beschäftigt hat, längere Zeit nicht zu fragen getraut habe, und vor Verlegenheit habe ich so getan, als stellte ich meine Frage im Scherz. Mein künftiges Herz, habe ich gesagt, werde zwar nicht von Marmelstein sein wie dasjenige des Kohlen-Munk-Peter im Märchen, der bekanntlich keiner Regung und Rührung mehr fähig gewesen sei, den nichts mehr habe betrüben und nichts mehr habe freuen können, aber immerhin werde mein künftiges Herz ein fremdes Herz sein, und da das Herz, weil es ja in gewissen Lagen spürbar rascher schlage, mit den Gefühlen irgendwie verquickt sein müsse, interessiere es mich natürlich, ob ich mit einer wie auch immer gearteten Veränderung meines Gefühlslebens zu rechnen haben würde. Doktor Kierling, entgegen aller Erwartung, lachte nicht und lächelte nicht. Es sei gut, sagte er, daß ich das Thema, das er ohnehin gelegentlich zur Sprache habe bringen wollen, anschneide. Jedes verpflanzte Herz, sagte Doktor Kierling, sei denerviert, dies stehe fest, bekannt sei auch die Folge dieses Faktums: Aufgrund der getrennten Nervenverbindungen reagiere ein verpflanztes Herz auf sogenannte Gefühle — er verwende lieber den Begriff des psychischen Stresses — nur mit Verzögerung. Auf jede Belastung, auch auf die körperliche, auch auf die seelisch durchaus angenehme und ersprießliche, werde mein neues Herz zeitlich versetzt antworten, und zeitlich versetzt bedeute mit ein- bis zweiminütiger Verspätung. Wenn Sie zum Beispiel rennen, vergehen ein bis zwei Minuten, bevor die Pulsfrequenz ansteigt, und mit entsprechender Verlangsamung sinkt sie auch wieder ab. — Und sonst bleibt alles normal? — Ja, sonst bleibt alles beim alten.

Die Vorstellung vom voraussichtlichen Nachhinken des Zweitherzens hat mich zuerst beunruhigt, aber je länger ich mich damit befaßt habe, das heißt, je mehr Situationen, in denen dieses Phänomen sich bemerkbar machen könnte, ich mir ausgemalt habe, als desto harmloser, ja sogar vorteilhafter ist es mir erschienen.

So wenig es *vor* meinem Entscheid zugunsten des Weiterlebens ein Hin und Her, ein langes An-den-Lippen-Nagen gegeben hat, so sehr haben mich die nachträglich zur Kenntnis genommenen Tatsachen umgetrieben, aber nie in der Weise, daß sie mich ins Wanken gebracht und dazu bewogen hätten, den früheren Entschluß zu widerrufen.

Von den gelegentlichen Zweifeln am Sinn der ganzen Unternehmung schweige ich: Sie haben mich nie eigentlich gepackt, nie grob und meuchlings überfallen, immer nur angeweht. Dies sage ich sehr leise. Oft nämlich befremdet mich mein Lebenswille, oft ahne ich in ihm das Tier in mir, das zähe, dreiste, scham- und würdelose, ich denke plötzlich an die Elster, die ich als Knabe angeschossen habe, mutwillig, böswillig, und die sich nach dem zweiten, dritten, vierten Schuß aus meinem Luftgewehr noch immer hüpfend um die eigene Achse drehte, als wolle sie dem Kind vor Augen führen, wie Leben sei. Ich bin geflohen, die Elster aber ist mir nachgeflogen, hineingeflogen in die Träume jahrelang.

Weißt du, ich habe in meinen guten und gesunden Tagen selten besonders gern gelebt, und ebenso selten habe ich ungern gelebt, ich habe einfach gelebt, weitgehend fraglos und flach wie die meisten, und wie die meisten hat mich das Gefühl begleitet, das Leben, das andere, das eigentliche, komme noch. Es ist kein lautes, störendes Gefühl gewesen, es hat nicht sagen wollen: du lebst verfehlt, es hat nur sagen wollen, daß es noch andere Wege gebe, und es beweist, so glaube ich, nichts weiter, als daß man dazu neigt, im jeweils Unverwirklichten das Eigentliche zu vermuten. Wie dem auch sei, ich staune heute manchmal, erschrecke, schäme mich über die Elster in mir. Manchmal muß ich mich vermummen, weil mir so ist, als wüchsen mir Haft- und Klammerorgane und gierige Münder. Nie hätte ich gedacht, daß mich die Aussicht auf den Niedergang, den möglichen, so sehr verwandeln könnte. Weltsucht und Raubtierhunger, Träume, fiebrige Pläne, nachholen vieles, auskosten alles, schwelgen, sein.

23

Zuweilen glaube ich, daß mir, solange ich erzähle, nichts widerfahren kann. Ich aberglaube es. Ich fürchte mich darum ein wenig, anzukommen, und habe keine Eile, obwohl ich andrerseits auch wieder glaube oder aberglaube, daß ich der Rettung mit jedem Satz ein Stücklein näherrücke, mich sozusagen an sie heranerzähle, was der geduldig wartende Gevatter — er steht in meinem Rücken, gähnt dann und wann und sagt sich wie die Katze, daß der Vogel auch nach dem Ende des Gesangs noch munde — vielleicht nicht ahnt.

Nun. Weiter. Diese Frau, sagte meine Schwester zu mir, nachdem wir Sophie Ascher am Bahnhof von Chur abgesetzt hatten, diese Frau würde zu dir passen. — Ja, sagte ich, wir mögen einander sehr, aber in herkömmlicher Weise verlockend sind wir uns nicht. — Jedenfalls siehst du famos aus, sagte die Schwester, wenn ich denke, was für ein Häufchen Elend, entschuldige, ich vor vier Wochen da hinaufgefahren habe! — Es geht mir glänzend, sagte ich, es ist mir wohler als vor der Attacke, und bei der Austrittsuntersuchung hat mir der Kurhaus-Chefarzt zu meiner Spannkraft gratuliert, mich aber auch vor ihr gewarnt, da sie mich zu verfrühtem Tatendrang verleiten könne. — Diese Frau Ascher, sagte meine Schwester, hat dich beim Abschied angeschaut, als würde sie dich mehr als mögen. — So? sagte ich, und dabei hat sie mir gestern noch eine karge Herzensphantasie bescheinigt, wörtlich, nur weil ich gesagt habe, es sei mir völlig einerlei, was nach meinem Abscheiden mit der Erde und auf der Erde weiter geschehe, von mir aus könne sie, die Erde, aus ihrer Bahn ausbrechen und als vereiste Geisterkugel gesetzeswidrig durchs Weltall rollen, von mir aus könne sie auch endlich wärmer werden und sich zum Garten Eden mausern, alles einerlei, ich jedenfalls, habe ich zu Sophie gesagt, sei nicht in der Lage, über meinen Grabhügel hinauszuschauen, weder in Sorge noch in Hoffnung, für mich sei mein Ende das Ende der Welt. — Und? fragte meine Schwester, was hat dir Sophie erwidert? — Sie hat mir, sagte ich, eine karge Herzensphantasie bescheinigt, die kommenden Geschlechter, hat sie entgegnet, hätten ein Anrecht darauf, schon von uns Jetzigen bedacht und schon im Jetzt gehegt zu werden. — Und? fragte Marianne, nachdem sie einen Oldtimer überholt hatte, aus dem ein Brautpaar winkte, was hast du darauf erwidert? — Ich habe erwidert, sagte ich, daß uns die Nachgeborenen so oder so zuerst verdammen, dann belächeln und dann vergessen werden, und Sophie hat gemeint, das töne so, als wolle ich mein Unvermögen, mich um das Los der Kommenden zu kümmern, mit der Vergeßlichkeit der Kommenden begründen. — Habt ihr euch oft gestritten? fragte meine Schwester. — Selten, sagte ich, selten und immer gefahrlos, das heißt: auch in der Differenz verbunden. — Dann ist es also, sagte Marianne, nicht nur die Höhenluft, die man dir ansieht. — Was sieht man mir denn sonst noch an?

fragte ich, erstaunt über die Ausdauer der Schwester. — Du wirkst so heiter, sagte Marianne, so gehoben, bitte, erzähl ein wenig. — Es gebe wenig zu erzählen, sagte ich, das Wesentliche sei ihr ja, kraft ihres schwesterlichen Scharfblicks, nicht entgangen, nämlich daß mich die Freundschaft mit Sophie, ja schon das Wissen, daß es Menschen wie sie gebe, wiederbelebt habe. Wer, so wie ich, über längere Zeit zurückgezogen und im Privatbereich kontaktarm lebe, laufe Gefahr, sich als unerfreuliche Ausnahmeerscheinung zu empfinden: entweder verfalle er dem Glauben, die Welt sei verrückt und außer ihm merke es niemand, oder es beschleiche ihn der gleichfalls vereinsamende Verdacht, er sei unter lauter Normalen der einzig Verrückte. Beides trübe das Gemüt, aber sobald man auch nur einem einzigen Menschen begegne, der über das gleiche lächle oder sich über das gleiche wundere, freue, entsetze, einem verwandten und verwandt empfindenden Menschen also — oft genüge ein Blick als Erkennungszeichen, oft eine winzige Gebärde —, fühle man sich seltsam gehoben, aufgehoben sogar. So war es, sagte ich zu Marianne, so ist es, so banal und gut.

Und Regina? fragte Marianne, hat sie dich besucht? — Ja, sagte ich. — Bist du mir böse, daß ich ihr deine Kur-Adresse angegeben habe? — Im Gegenteil, sagte ich, es ist, glaube ich, ein schöner Besuch gewesen, einerseits ist alles gewesen wie immer, Wärme, jäh die eisige Trennwand, dann wieder Wärme, auf der anderen Seite hat mir Regina etwas gegeben, das sie mir früher vorenthielt: Einblick. — Einblick? fragte Marianne. — Einblick, sagte ich abschließend. Nach langem Schweigen fragte meine Schwester: An Scheidung habt ihr nie gedacht? — Nie ernsthaft, sagte ich.

Marianne hatte geheizt, ein Strauß stand auf dem Stubentisch, mit meiner Wohnung war ich rasch vertraut, und statt mich, wie befürchtet, allein und leer zu fühlen, war mir behaglich. Ich trank am hellen Tag zwei Gläser Wein zu Schubert. Später nahm ich ein Bad, pfiff, war meinem Körper zugetan. Auch mein Gesicht, der Spiegel zeigte es, schien tragbar. In schwarzer Hose, weißem Hemd ging ich umher und hatte Lust auf alles, auf eine Kletterstange, auf eine Kathedrale, auf eine neue Ordnung, ich ging umher, bereit zum Aufschwung, bereit, das Ende aller Halbheit auszurufen, ich hechtete aufs Bett und fand mich lachhaft. Lag eine Weile, stand wieder auf, nahm Grünbergs blauen Vogelkäfig vom Kleiderschrank herunter und trug ihn auf den Estrich.

Ich aß, trank noch einmal zwei Gläser, Burgunder, ausladend, reich, geschmeidig, es tat mir jetzt doch etwas leid, allein zu sein, ein Hochgefühl braucht Zeugen. Nun war es aber Samstagabend, ich glaube der zweite Dezember, normalerweise hat jeder Mitmensch am Samstagabend ein Programm, normalerweise ist es aussichtslos, an einem Samstagabend die Fühler auszustrecken. Ich tat es. Und als sich Laura meldete, erschrak ich so, daß ich im ersten Augenblick nur leise keuchen konnte. Hallo! rief Laura streng, als sei ich ein keuchender Unhold. Ich bin's, sagte ich. Du? sagte sie und freute sich hörbar. Sie habe angenommen, ich sei aus- oder abgewandert. Ja, sagte ich, ums Haar. Ob ich noch frei sei, fragte Laura, ob sie noch kommen solle. Plötzlich stimmt alles wieder, dachte ich, blieb aber, nachdem wir das Gespräch beendet hatten, sitzen, ich mußte, so wie ich Laura kannte, auf ihren Rück- und Widerruf gefaßt sein.

Sie kam, roch gut, wir küßten uns lebhaft. Aus den Augen, aus dem Sinn? fragte sie. Mitnichten, sagte ich, mir ist das Ferne am nächsten, ich fühle am Volksmund vorbei. — Oh, sagte Laura, wie vornehm und verwickelt, dann will ich nicht mehr länger stören, sagst du mir noch, wo du gewesen bist? — Im Stehen und notdürftig erzählte ich ihr — sie wußte ja nichts — von meinem karthagischen Unstern. So krumme Touren also macht dein Herz, sagte Laura, knöpfte mein Hemd auf und legte ihre Hand auf meine Brust. Nun hüpft es wieder, sagte sie. Umschlungen, mit kleinen Schrittchen, ich vorwärts, Laura rückwärts, sind wir dem Sofa zugetrippelt.

Dringend hatte mir der Kurarzt empfohlen, mich noch für mindestens acht Tage zu Hause zu erholen und mich nach Wiederaufnahme der Arbeit bis auf weiteres nicht voll zu belasten. Er hatte mir ein ärztliches Zeugnis mitgegeben, von dem Gebrauch zu machen mir freilich nicht angängig schien — mein Zustand war ja, wie erwähnt, vortrefflich —, und unvertretbar wäre es zudem gewesen, die

Amtsgeschäfte noch länger Dümperli zu überlassen. Bereits am ersten Montag nach meiner Rückkehr begab ich mich ins Büro, und zwar um acht Uhr morgens und zur Bestürzung Dümperlis, der an meinem Schreibtisch mehr lag als saß, den SPORT auf seinen Oberschenkeln ausgebreitet hatte und — aufspringend, als ich eintrat — etwas von Kaffeepause stotterte, als sei er schon seit fünf Uhr früh am Werk. Ich sagte, locker wie ich war, dann fehle jetzt nur noch der Kaffee, und Dümperli eilte ins Nebenzimmer, um Wasser aufzusetzen, während ich mich auf meinem Sessel niederließ und einen Blick in Dümperlis Zeitung warf. Als schwersten Schicksalsschlag seines Lebens bezeichnete ein Hundert-Meter-Läufer seinen Fehlstart, und diese Verlautbarung, für die der Dümperli gewiß nichts konnte, fand ich so unerhört, daß ich dem Dümperli, als er zurückkam, am liebsten seine Dauerwelle ausgerissen hätte.

In kurzer Zeit verschaffte ich mir einen Überblick über die in meiner Abwesenheit abgeschlossenen und über die pendenten und neu hinzugekommenen Fälle, und wenn ich auch nicht alle Aktivitäten und Entscheide meines Stellvertreters billigen konnte, mußte ich doch anerkennen, daß er sich redlich bemüht und mir zumindest keine Lotterwirtschaft hinterlassen hatte. Auch traf ihn keine Schuld am ärgerlichsten Vorfall, nämlich an der widerrechtlichen Entfernung eines aus dem frühen siebzehnten Jahrhundert stammenden Dachstuhls, dessen Abbruch ich der Bauherrschaft mit einläßlicher Begründung verweigert hatte. Da auch der achtsamste und pflichteifrigste Denkmalpfleger nicht Tag und Nacht in Umbauliegenschaften Wache stehen kann und da das Abreißen immer einfacher und wohlfeiler ist und sein wird als das Erhalten und Behüten, bleibt uns nichts anderes übrig, als uns in den Substanzverlust zu schicken.

Bald führte ich das Ruder wieder, der Terminkalender füllte sich, alles ging seinen Alltagsgang, entsprechend zügig floß die Zeit. Mitte Dezember untersuchte mich mein Hausarzt und zeigte sich so befriedigt, daß es kleinlich gewesen wäre, den gelegentlichen und vielleicht nur eingebildeten Druck unter dem Brustbein zu erwähnen. Kurz vor Weihnachten verstarb der Bruder meiner Mutter nach langem Leidenslager. Ärzte und Angehörige hatten den Todkranken, um seinen Willen zu ergründen, in den letzten Tagen immer wieder gefragt, ob er künstlich ernährt werden möchte; er hatte zwar jedesmal geantwortet, aber wirr, so daß ihn niemand verstand. Dann, zu einer nächtlichen Stunde, seine Frau war allein mit ihm und hatte ihm die alte Frage eben nochmals in sein Ohr geflüstert, setzte sich mein Onkel auf, sagte mit klarer Stimme: »Wiederhol dich nicht immer!«, sank in die Kissen und entschlief, und eigentlich erzähle ich das nur, weil mir dieses Schlußwort, diese in ein winziges Sätzchen gedrängte Wesensbestimmung der Ehe so gefallen hat; eigentlich wollte ich nur sagen, daß ich mich am Begräbnis meines Onkels zum erstenmal wieder überaus abgespannt fühlte und zugleich so nervös war, daß mir, als sich jemand in meiner Nähe schneuzte, der Schirm aus der Hand fiel. Während des Leidmahls saß ich schweigsam im immer lauter werdenden Geklapper und Stimmengewirr, vergnügt und rosig glänzten die Gesichter der Vereinskollegen meines Onkels, ich hatte plötzlich Atemnot, nahm Nitroglycerin und ging.

Obwohl mich diese Unpäßlichkeit mehr ärgerte als ängstigte, war sie mir doch ein Wink. Ich machte mir ruhige Weihnachtstage und entspannte mich gründlich. Die Beschwerden wiederholten sich nicht, das neue Jahr trat ich in alter Frische an und in neuen, halbhohen, mit Lammfell gefütterten Stiefeln. Der Januar verging ereignislos, am zwölften Februar, frühmorgens, nach durchaus erquickendem Schlaf, erfolgte der Einbruch.

Oft, oft, schon als Kind und eigentlich lebenslang habe ich mich, wenn ich auf der Toilette gewesen bin, wehrlos, vor einem Erdbeben gefürchtet, vor einem Blitzschlag. Die Vorstellung, in einer unwürdigen Lage überrascht, überfallen, womöglich getötet zu werden, ist mir immer entsetzlich gewesen, immer habe ich mir gesagt, daß ein auf der Toilette sich ereignendes Unglück gar nicht als Unglück gelten darf, denn der Schauplatz des Unglücks verhöhnt das Unglück und macht es zur Schmach, es bleibt, selbst wenn der Heimgesuchte stirbt, die tiefste Peinlichkeit, doch ich bin nicht gestorben, wieder nicht, um sechs Uhr fünfzehn morgens hat er mich ereilt, kurz nach dem Aufstehn, der Zweitinfarkt, der Re-Infarkt, schmerzärmer als der erste, keine Harpune, kein Schlag, nur ein gewaltiger Druck. Aber ich habe sofort Bescheid gewußt, und ich habe die Tatsache, daß ich nicht nach vorn oder nach hinten oder zur Seite gesunken bin, sondern mich erhoben und die Spülung betätigt habe, als Zeichen meiner Unsterblichkeit aufgefaßt, ich bin langsam, gemessen fast zum Telefon gegangen und nach vierzig Minuten bereits auf der Intensivstation gelegen, dort erst hat mich eine vollkommene Schwäche bei vollkommener Geistesgegenwart in Todesbeziehung gebracht, nach dem späteren Zeugnis der Ärzte in Todesgefahr, ich erinnere mich an ein plötzliches Wohlsein.

24

Morgen zum Arzt. Vorverschobener Termin der periodischen Kontrolle auf meinen Wunsch. Begründung: Ungeduld, wachsende Mattigkeit.

Du kommst dann übermorgen wieder?

Heute nur Weniges, gerafft. — Ein Krankenhausseelsorger, der umherhuscht und meine Blicke — nicht, flehen sie, nicht bitte, bitte nicht! — als Hilferufe deutet, an meinem Bett mit grauenhaftem Liebeseifer die Hände faltet, ich wehre mich, ich will kein Sterbenswörtchen hören. Man stürzt sich hier auf leichte Beute, sage ich, der Pfarrer läßt nicht ab, wahrscheinlich glaubt er, daß ich phantasiere, sagt: Unser Vater, der du … — Nein! rufe ich, er stockt, ich sage: Wenn schon, wenn unbedingt, dann beten Sie dafür, daß ich im Tal nicht lahme.

Bald dann die Krankenbesuche mit Blumen und Zuspruch, Verwandte, Bekannte, besorgt, gedämpft, verlegen, ich preisgegeben liegend und im Hemd, die einen sehen den Gebrechlichen in mir, ich spüre es, die anderen den Unverwüstlichen, ich spüre es, recht haben alle, und beides beschämt mich. Mir ist der Ansturm der Besucher nicht geheuer, im Zimmer wogt ein Rosenmeer, der Argwohn, daß jeder, der mich aufsucht, mehr über meinen Zustand wissen könnte als ich selbst, macht mich zu einem undankbaren, oft lauernden, oft schroffen Patienten. Warum weint meine Mutter? Warum hält meine Schwester meine Hand? Warum sagt mir mein Vorgesetzter am Krankenbett so nachrufmäßig Schmeichelhaftes? Und wer hat Laura aufgeboten, wie kommt es, daß ich den Schalk in ihren Augen nicht mehr finde? Sogar ein Expreß-Brief aus Kiel: Regina schreibt, sie sei bei mir, sie schicke mir von ihrer Kraft, die zwar bescheiden sei und trotzdem größer, als sie vermutet habe. — Muß nicht im Sterben liegen, wer so viel Zuwendung erfährt?

Ich bin davongekommen. Sogar erfreulich ungeschoren, wie es nach der Entlassung schien. Ich raffe. Austritt aus dem Spital am achten März. Frühlingsluft und Daseinsfreude. Ablehnung eines abermaligen Kuraufenthalts, statt dessen dreimal wöchentlich ein ambulantes Wiederherstellungsprogramm. Rascher Aufschwung, Lust auf Arbeit, ich traue meiner Rüstigkeit mehr als die Ärzte, ich traue ihr mehr als den Ärzten, und Ende März sieht mich das Amt für Denkmalpflege wieder, wenn auch fürs erste nur während rund drei Stunden täglich. Mühe mit Dümperli, er rät mir, mich zu schonen, ich wittere Herablassung und werde kühl und schneidend, ich dehne die Präsenzzeit aus und muß mir zugleich eingestehen, daß meine Leistungsfähigkeit dadurch nicht wächst. Ich bin zu langsam, gähne viel, muß immer wieder eine zähe Müdigkeit abschütteln. Dachstühle delegiere ich an Dümperli, ich meide Treppen. Es geht mir recht, alles in allem, mitunter nachts ein wenig Atemnot, es geht, alles in allem, aufwärts. Ich sehe Sophie wieder, und wir flanieren beinah Hand in Hand, ich muß ihr versprechen, am Leben zu bleiben, und tue es gern.

Ich raffe. Rückschlag schon Mitte April nach teuflischem Lufthungeranfall. Schwächegefühl und Atemnot auch bei geringer Belastung, Herzklopfen, Schmerzen im Brustraum, gleichzeitig Husten mit Auswurf. Erneute Hospitalisierung. Unendliche Kontrollen, Begutachtungen, Tests und Spritzen. Ich höre vieles und verstehe wenig. Von einer Aussackung der Herzwand als Folge des Infarktes ist die Rede. Von myokardialer Insuffizienz, Herzschwäche also, Verminderung der Herzleistung, der Pumpleistung, verursacht, wenn ich recht verstanden habe, auch durch den Ausfall von Herzmuskelfasern, die ihrerseits infolge des Infarktgeschehens abgestorben sind.

Ich liege ein paar Tage. Ich bin wie zweigeteilt. Mein Rumpf, abtrünnig, fremd, gehört den Ärzten, und nur der Kopf, in den sich Ich und Ich-Gefühl zurückgezogen haben, bleibt mir als Eigentum, ruht allerdings merkwürdig teilnahmslos im Kissen.

Bald aber geht es besser, ich wachse zusammen, stehe auf, bewege mich durch lange Gänge. Die Zukunft? Die Prognose? Der Arzt sagt: Herzmittel weiterhin und Herzdiät und minimale Belastung. Geduld. Kontrollen, ambulant, doch regelmäßig. Keine Prognose vorerst, zuwarten, abwarten, wir schaffen es, Herr Hatt, sagt Doktor Kierling, und noch etwas, Herr Hatt, Sie sollten sich nach einer Haushalthilfe umtun, sagt Doktor Kierling und entläßt mich.

Daheim bin ich auf dem Sofa gesessen, starr vor Beklemmung und Ratlosigkeit, ich habe vergeblich versucht, Sophies Gleichnis vom Schwimmer auf mich zu beziehen, ein Schwimmer, so Sophie, der in einen Wirbel gerät und den der Sog in die Tiefe zieht, darf sich, wenn er sich retten will, nicht wehren, er darf nicht kämpfen und strampeln, er muß so lange warten, bis er am Boden ist, dann aber genügt ein Schritt zur Seite, ein leichter Abstoß, und gerettet tauchen wir auf.

Faules Geschwätz, habe ich plötzlich gedacht, die Niedergeschlagenheit hat sich in Groll verwandelt, ein Gott hätte ich sein mögen, begabt mit der Kraft zur Vertilgung der Dinge. Ich bin aufgestanden und habe mich umgeschaut, unangemessen heimelig und voll ist mir die Stube vorgekommen, ich habe sofort meine Schwester angerufen und sie gebeten, mir ihre Söhne zu schicken, und die zwei Neffen sind gekommen und haben geräumt.

Wäre ich ein tauglicher Hoffer gewesen und hätte sich Doktor Kierling anläßlich der alle drei Tage stattfindenden Kontrolluntersuchung ein wenig optimistischer gezeigt, so wären mir noch gut zwei Wochen geblieben, um mit meiner Genesung zu rechnen und die Fortsetzung eines regulären Lebens ins Auge zu fassen. Zwar habe ich mir hin und wieder eingeredet, daß ein Herz, das immer noch sein Pensum von hunderttausend Schlägen täglich absolviert, so beschädigt nicht sein könne und daß ein Wunder von alters her am ehesten jenem geschehe, der nicht an es glaube, aber in Wahrheit und meistens ist eine Nebelwand vor mir gewesen.

Ich habe, unbeschäftigt wie ich gewesen bin, von einer Versicherungsagentur die Unterlagen für einen sogenannten Sterbevorsorgevertrag angefordert, und statt ihn einfach zu schicken, hat die Agentur einen Vertreter auf mich angesetzt, den ich mir nur mit großem Aufwand vom Halse schaffen konnte und der mich noch durch die schon fast geschlossene Tür hindurch mit einem günstigen Pauschalarrangement zu ködern suchte. Ich habe die Unterlagen in den Papierkorb getan und meinen Vorsatz, den Angehörigen die Scherereien abzunehmen, als Ausfluß eines falschen Pflichtgefühls erkannt und aufgegeben. Hingegen habe ich — zum erstenmal — ein Testament verfaßt und mir bei dieser Tätigkeit — zum erstenmal — selbst ein paar Tränen nachgeweint, dies ist sehr angenehm gewesen.

Doktor Kierling also ist von Mal zu Mal ernster und stiller geworden, und bei der vierten Konsultation, am zehnten Mai, hat mir Doktor Kierling in Anwesenheit von zwei weiteren Ärzten eröffnet, wie es mit meinem Herzen stand, nämlich so aussichtslos, daß nur noch die Verpflanzung bleibe. Ich habe nicht gezaudert, ich habe sofort zugestimmt, und seither rinnt der Sand vernehmlicher, gleichzeitig, welch ein Widersinn, ist mir, als sei der Fluß gestaut.

25

Riecht man's? Ich habe geraucht. Ich habe gestern, am späten Nachmittag, geraucht. Ja, einfach so, das heißt, ich feierte vielleicht die jüngste Anschaffung, seit längerem bestellt und gestern eingetroffen. Du siehst mich bodentief. Schön ist er freilich nicht, häßlich im Grunde auch nicht, ein Sitzsack halt, ein Sitzsack wie jeder, birnenförmig, lederummantelt, knirschendes Eingeweide. Hier ist gut sein, ich fühle mich herzlich beherbergt. Merkwürdig auch, wie anders alles aussieht von diesem Standpunkt oder Sitzpunkt aus, zum Kichern anders fast.

Du brauchst dir nichts mehr zu notieren, ich bin am Ende, es ist erzählt, was zu erzählen war, ich bin, auch wenn die Spule leer ist, heiter, denn ich bin angekommen.

Aber von gestern berichte ich noch. Er begreife die wachsende Ungeduld, hat Doktor Kierling gesagt, und alle Ungewißheit sei zermürbend, das wisse er. Wir wollen den Wettlauf gewinnen, hat Doktor Kierling gesagt und mir die Hand auf die Schulter gelegt und mich dann länger als gewöhnlich untersucht und abgeklopft und auskultiert und EKG et cetera. Nachher ist er sinnend am Schreibtisch gesessen, er hat die Unterlippe mit der Oberlippe zugedeckt. Es wird jetzt zweierlei geschehen, hat er schließlich gesagt, denn es sieht nicht gut aus, ich werde erstens mit der Swisstransplant-Zentrale sprechen und alle Hebel in Bewegung setzen, damit Sie ganz nach vorne rücken und auf der Liste einen Spitzenplatz erhalten; wir müssen zweitens eine Zwischenlösung in Erwägung ziehen, wir könnten, bis das geeignete Organ gefunden ist, als Überbrückungshilfe ein Kunstherz implantieren. — Doktor Kierling hat mich angeschaut, erwartungsvoll, hätte ich jubeln sollen? Es ist nichts in mir vorgegangen. Also auch das wäre machbar, habe ich nur gesagt. Das Kunststoffherz als Überbrückung habe sich bewährt, hat Doktor Kierling gemeint, als Dauerlösung eigne es sich leider nicht, noch nicht, einstweilen sei das Problem des Antriebs beziehungsweise der Energiequelle noch nicht befriedigend gelöst, genausowenig wie das der Haltbarkeit der Pumpe, die immerhin rund vierzig Millionen Mal pro Jahr zu schlagen hätte. Für einen kurzen Zeitraum indessen tauge das Kunstherz aufs beste, was meinen Sie, Herr Hatt? — Ich weiß nicht recht, ich ... — Verständlich, schlafen Sie darüber, hat Doktor Kierling gesagt, bleiben Sie abrufbereit, packen Sie Ihren Koffer, verlassen Sie die Wohnung nicht mehr. — Mein Koffer, habe ich gesagt, sei seit zehn Wochen gepackt. Umso besser, hat Doktor Kierling gesagt und mir nochmals die Hand auf die Schulter gelegt, ich rufe Sie an, morgen, es kommt alles in Gang.

Ich bin vor der Klinik gestanden, gestützt auf meinen Regenschirm, hohl wie nie und ohne Sinne, ich habe nicht mehr zum Treiben gehört. Nach einer Weile bin ich aufgewacht, ich habe mich geschüttelt und bin ein paar Schritte gegangen, beschwingte Schritte, wie sie nur das Gefühl der Leichtigkeit und der Lebendigkeit ermöglicht. Und wie ein Stammler, der plötzlich fließend reden kann, fortwährend weiterredet, um sich zu zeigen, daß er nicht träumt, so bin ich weitergegangen.

Im Bus, ich habe irgendwann den Bus genommen, nicht das Taxi, sind mir die Menschen menschlich vorgekommen, den Jungen habe ich ihr Jungsein, ihr stenographisches Gemunkel nicht verübelt, sogar das plattgedrückte Zirpen aus ihren Walkmans ist mir nicht sehr zur Last gefallen, und die entmutigten, grobkörnigen Gesichter der Älteren und Alten habe ich gemocht. Ein Hündlein hat meine Schuhe abgeschnuppert, dann mein Geschlecht, und eine junge Frau, sie saß mir gegenüber auf der Längsbank, hat ihre Augen geschlossen, vielleicht im Wunsch, sich unsichtbar zu machen. Und dadurch ist ihr Mund besonders ausgesetzt gewesen, ein schöner, ein bildschöner Mund, schwermütig, rein, ich kann ihn nicht beschreiben, ich habe geschaut und geschaut.

Zu Hause, auf der Schwelle, habe ich Frau Guhl noch angetroffen und sie gebeten, mir bei der Rückverwandlung meines Wartezimmers in eine gute Stube gelegentlich zu helfen. Frau Guhl hat vor Freude geseufzt und sofort anfangen wollen. Nur langsam, habe ich gesagt, nichts eilt.

Ich habe mich aufs Bett gelegt und tief geschlafen, tief. Um drei Uhr mittags bin ich aufgestanden, mir ist so mild ums Herz gewesen, als stehe ein Frühling bevor. Ich habe meinen Koffer ausgepackt und eingepackt und ausgepackt. Ich habe eine Platte aufgelegt, die richtige, die wunderbare, und mich in meinen Sitzsack sinken lassen. Es gibt Musik, habe ich gedacht, ich höre sie, und ich verglühe trotzdem. Dann habe ich geraucht, ich bin gelöst gewesen, ich habe Doktor Kierling angerufen und ihn beauftragt, mich zu streichen.